C.HRISTLICHE NÄCHSTENLIEBE

Gott will, dass Christen wie eine große Familie zusammenhalten: **»Achtet aufeinander und spornt euch gegenseitig zur Liebe und zu guten Taten an«** (Hebräer 10,24). Wir wollen lernen, uns liebevoll zu verhalten und als Christen Verantwortung füreinander zu übernehmen. Dazu gehen wir freundlich und fair miteinander um und helfen einander ganz praktisch. Wenn Gott deinen Charakter formt, kannst du deinen Nächsten lieben … und der dich auch.

E.C.H.T. LEBEN

Oft wissen wir nicht so genau, wo und wie wir im Glauben wachsen können. Jesus sagt: **»Liebe Gott […] und deinen Nächsten«** (Matthäus 22,37ff). Wir dürfen also nach oben, in unserer Beziehung zu Gott, und auch nach rechts und links, in unseren Beziehungen zu anderen Christen und Kirchendistanzierten wachsen. Auch ist es wichtig, unsere Begabungen zu entdecken und einzusetzen. Bei ECHT steht jeder Buchstabe für einen dieser vier Bereiche. Und überall sollst du konkret weiterkommen.

PHASE 1: ENTDECKEN

Mit Jesus zu leben ist schön. Trotzdem bringen einen Zweifel und Fragen immer wieder ins Wanken. In der ersten Phase gibt es deshalb einiges z[…] entdecken. Gott möchte uns helfen, gute Gewohnheiten zu entwi[…] Such dir am besten jemanden, der dir ein Vorbild ist und dich u[…]zen und für dich beten kann. In den Einheiten erklären wir […] christliche Wahrheiten. Ziel ist es, dass du diese wich[…] Grundlagen verinnerlichst.

UMFASSENDE LIEBE

ZUM NACHDENKEN
Empfindest du bei Nächstenliebe eher Freude oder Frust?

»Hilfe! Wie um alles in der Welt soll ich das alles schaffen!? Ich muss noch den Geburtstag für meine Mutter vorbereiten. Und die Präsentation für die Jugendstunde zurechtfeilen. Für die Nachbarin muss ich das Treppenhaus putzen – sie hat gerade keine Zeit dafür. Und jemand aus meiner Kirche hat mich gebeten, dass ich seiner schwangeren Frau mit den Kindern helfe. Denken die eigentlich alle, dass mein Tag 48 Stunden hat? Ich schaff' das einfach nicht! Am liebsten würde ich allen absagen und mal einfach nur Zeit für mich haben. Aber ich kann die Leute doch nicht enttäuschen.«

EINHEIT ALS VIDEO
www.ECHT-leben.de/C11

WAS MACHT NÄCHSTENLIEBE MANCHMAL KOMPLIZIERT?

Nächstenliebe gehört zum Christsein wie das Amen in die Kirche. Aber wie kommt es dann, dass dieser Dienst oft mehr Frust als Freude bereitet? Zu Beginn engagieren wir uns noch mit Begeisterung und Liebe. Aber mit der Zeit kann es zu einer richtigen Last werden. Wenn wir am liebsten alles hinschmeißen würden, fallen uns vielleicht Bibelstellen ein, nach denen wir den anderen höher achten sollen als uns selbst. So gut und richtig solche Verse auch sind – sie helfen in so einem Moment nicht wirklich weiter. Und so ist Nächstenliebe manchmal wie ein B R I E F B E S C H W E R E R in Herzform: Eigentlich sinnvoll und herzlich – aber doch irgendwie groß, schwer und unhandlich.

WAS STECKT OFT HINTER UNSERER NÄCHSTENLIEBE?

Jeder wünscht sich Liebe und Anerkennung. Da es aber vielfach daran mangelt, versuchen wir oft, sie durch Leistung zu verdienen. Nach außen hin unterstützen wir zwar unseren Nächsten, aber in Wirklichkeit möchten wir gern selbst beachtet und geliebt werden – und zwar nicht nur von anderen, sondern häufig auch von Gott. Also arbeiten wir und strengen uns an, oft ohne dass uns unsere eigentliche Motivation bewusst ist. In der Regel wird unser Wunsch nach Liebe und Anerkennung, wenn überhaupt, nur oberflächlich gestillt. Die Folge: Wir fühlen uns ausgenutzt oder strengen uns noch mehr an. Und das Ende vom Lied sind Leistungsdruck und Versagensängste.

Galater 5,13-17 Nächstenliebe ohne Druck und Frust – das ist auch Paulus wichtig. Deshalb schreibt er: *»Ihr seid ja zur Freiheit berufen, liebe Geschwister! Nur benutzt die Freiheit nicht als Freibrief für eure eigene Natur, sondern dient einander in Liebe. Denn das ganze Gesetz ist erfüllt, wenn ihr das eine Gebot haltet: ›Liebe deinen Nächsten wie dich selbst!‹ Wenn ihr euch aber kratzt und beißt, dann passt nur auf, dass ihr euch nicht gegenseitig auffresst. Ich will damit nur sagen: Der Geist Gottes soll euer Leben bestimmen, dann werdet ihr den eigenen Begierden widerstehen können. Denn die menschliche Natur widerstrebt dem Geist Gottes und der Geist Gottes ebenso der menschlichen Natur. Beide stehen gegeneinander, damit ihr nicht ungehindert tut, was ihr wollt.«*

WAS IST DAS GEGENSTÜCK ZUR NÄCHSTENLIEBE?

Wenn wir in der Bibel etwas über Nächstenliebe lesen, dann in der Regel mit einer Bedingung bzw. Voraussetzung: **»Liebe deinen Nächsten wie dich selbst«.** Beides gehört zusammen. Dennoch konzentrieren wir uns oft nur auf den Nächsten und lehnen das andere als egoistisch ab. Wir werden hier zwar nicht explizit aufgefordert, uns selbst zu lieben – aber trotzdem ist echte Nächstenliebe ohne diese Grundlage offensichtlich unmöglich. Nur ein Herz, das sich geliebt und angenommen weiß, wird auch Liebe und Annahme weitergeben können. Wenn wir unseren Wert nicht außerhalb unserer Leistung finden, dann ist Nächstenliebe nur eine leere Hülle und endet in Frust.

WAS IST NÄCHSTENLIEBE OHNE LIEBE?

Nächstenliebe ohne Liebe – geht das überhaupt? Wenn es nicht die Liebe ist, die uns zum Dienst antreibt, was dann? Im Bibeltext ist von **»eigenen Begierden«** die Rede. Dieses Wort steht unter anderem für das Verlangen, ein ungestilltes Bedürfnis zu befriedigen. Sollte das unser Ziel sein, reagieren wir entweder aggressiv und **»kratzen«**, **»beißen«** und **»fressen«** uns gegenseitig – oder aber wir werden passiv und dienen einander, weil wir uns eben dazu verpflichtet fühlen. Beides wirkt sich zwar auf unseren Nächsten aus – hat aber eigentlich gar nichts mit ihm zu tun, sondern mit dem Konflikt in unserem Inneren.

WAS BRAUCHEN WIR, UM WIRKLICH LIEBEN ZU KÖNNEN?

Gott möchte, dass wir anderen dienen ... allerdings nicht um jeden Preis! Deshalb betont der Bibeltext, dass wir **»zur Freiheit berufen«** sind. Wir können nämlich erst dann wirklich aus Liebe dienen, wenn wir von dem Zwang, unsere Begierden selber stillen zu wollen, befreit sind. Denn Dienst für den Nächsten ist erst dann wertvoll und nicht kräfteraubend, wenn er aus freien Stücken und ohne Hintergedanken erfolgt. Nur wenn du die Freiheit hast, »Nein« zu sagen, kannst du auch mit frohem und ehrlichem Herzen »Ja« sagen. Wie gut, dass der Geist Gottes dir helfen will, diese **»Begierden«** zu durchschauen und zu durchbrechen.

MAL ANGENOMMEN

... du wärst mit dem Fahrrad unterwegs. Um rechtzeitig am Ziel anzukommen, trittst du in die Pedale – kommst aber nicht vorwärts. Ein Blick nach unten zeigt dir das Problem: Die Kette ist abgesprungen. Würdest du jetzt, um nicht noch mehr Zeit zu verlieren, noch fester in die Pedale treten? NIEMALS! Natürlich würdest du sofort anhalten und die Kette wieder einhängen. Vorher lohnt sich alles Trampeln nicht. Genauso ist es auch, wenn du dienst, ohne dich selbst im Blick zu haben: Du strampelst dich halbtot und kommst doch nicht weiter. Deshalb solltest du erst einmal anhalten und dein Herz »auf die Kette kriegen« – damit du beim nächsten Anstieg nicht ausbrennst.

WIE ERKENNEN WIR UNSERE MOTIVATION?

Eigentlich ist Liebe ja etwas Positives und Herzliches. Strengen wir uns bei unserem Dienst aber ständig an und empfinden alles eher als Kampf und Krampf, haben wir ein Problem. Dann schaffen wir es nicht mehr, zur Ruhe zu kommen und zu entspannen. In so einem Fall vergleichen wir uns ständig mit anderen und haben das Verlangen, besser zu sein. Weil wir jeden noch so kleinen Fehler fürchten, misstrauen wir anderen und versuchen alles zu kontrollieren – oder machen es lieber gleich selbst. Mit dem Leistungsdenken verschwindet nicht nur die Freude, sondern auch unsere Identität: Wir machen unseren Wert nur noch an dem fest, was wir leisten.

WAS SIND DIE FOLGEN FALSCHER MOTIVATION?

Sagt der Pfarrer: »Denkt daran: Wir sind auf der Welt, um anderen Menschen Gutes zu tun.« Daraufhin ein Gemeindemitglied: »Und wozu sind dann die anderen da?«

Wenn wir anderen dienen, dabei aber ständig auf dem Zahnfleisch kriechen, dann wird aus dem Wunsch dem Nächsten Gutes zu tun eine Last oder sogar ein Zwang. Unsere Gedanken kreisen ständig darum, was uns alles nicht passieren darf und was wir tun müssen, um Anerkennung und Beachtung zu finden. Wenn wir Liebe aus einem leeren Herzen weitergeben, sind Erschöpfung, innere Leere, Unzufriedenheit und teilweise auch Wut die unvermeidlichen Folgen. Und wenn wir nicht aufpassen, kann sich aus all dem durchaus auch eine richtige Depression oder ein Burnout entwickeln.

WARUM KÖNNEN WIR UNS OFT SELBST NICHT ANNEHMEN?

In unserer Leistungsgesellschaft ernten oft nur die Besten das große Lob und die Anerkennung. Die Grundlage dafür wird schon früh gelegt, wenn Kinder umso mehr belohnt werden, je »besser« sie sich verhalten. Herrscht in der Familie das Motto: »Bei uns muss alles perfekt sein«, trägt das nicht dazu bei, sich bedingungslos geliebt zu wissen. So jemand darf nicht einfach nur sein, sondern muss sich den Platz im Leben erst verdienen. Wenn wir meinen, dass wir nur dann wertvoll sind, wenn wir etwas leisten oder alles richtig machen, dann glauben wir einer Lüge. Bedauerlicherweise setzen sich solche Lügen schon früh fest und lassen sich später nur mühsam entlarven.

WIE KOMMT UNSER HERZ ZUR RUHE?

Leistungsdenken kannst du natürlich nicht durch eigene Anstrengung heilen. Du brauchst eine Quelle für deinen eigenen Liebestank. Einen Ort, an dem du zu Kräften kommst und deine Bedürfnisse nach Liebe, Zuwendung und Annahme gestillt werden. Geh deshalb zu Jesus Christus und suche seine Nähe. Lass dich durch seine Worte ermutigen und teile im Gebet deine Lasten mit ihm. Er will dich mit seiner Liebe ausfüllen, berühren und heilen.

Achte auch darauf, dass du gute und gesunde Beziehungen hast. Durch sie kannst du lernen, nicht nur zu geben, sondern auch anzunehmen. Manchmal ist es auch hilfreich, zum Beispiel mit einem Seelsorger oder Pastor zu sprechen. Solche Leute können dir helfen, leistungsgeprägte Lebensmuster zu erkennen und sie abzulegen. Damit du umdenken kannst und lernst, deinen Wert als geliebtes Gotteskind zu erkennen und anzunehmen.

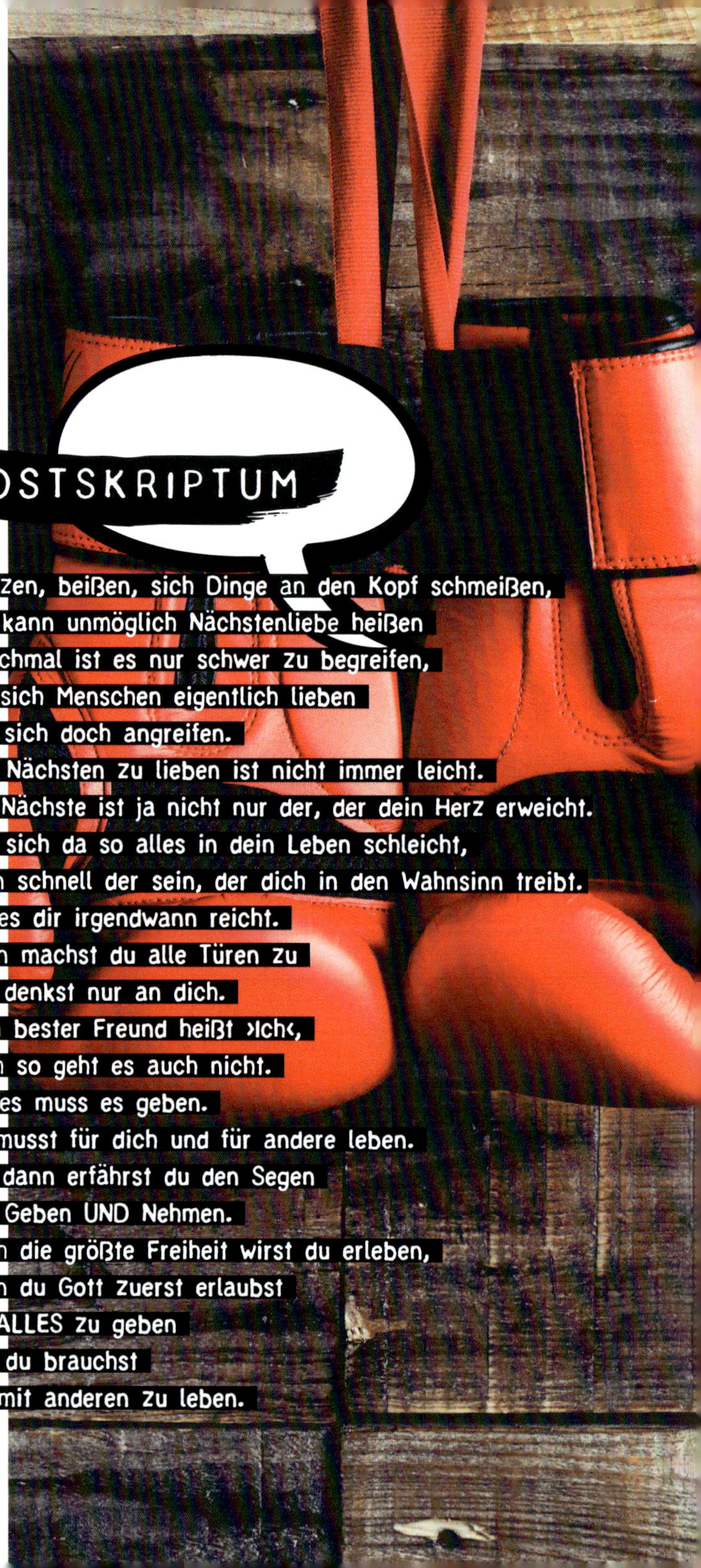

POSTSKRIPTUM

Kratzen, beißen, sich Dinge an den Kopf schmeißen,
das kann unmöglich Nächstenliebe heißen
manchmal ist es nur schwer zu begreifen,
wie sich Menschen eigentlich lieben
und sich doch angreifen.
Den Nächsten zu lieben ist nicht immer leicht.
Der Nächste ist ja nicht nur der, der dein Herz erweicht.
Wer sich da so alles in dein Leben schleicht,
kann schnell der sein, der dich in den Wahnsinn treibt.
Bis es dir irgendwann reicht.
Dann machst du alle Türen zu
und denkst nur an dich.
Dein bester Freund heißt ›Ich‹,
doch so geht es auch nicht.
Beides muss es geben.
Du musst für dich und für andere leben.
Nur dann erfährst du den Segen
von Geben UND Nehmen.
Doch die größte Freiheit wirst du erleben,
wenn du Gott zuerst erlaubst
dir ALLES zu geben
was du brauchst
um mit anderen zu leben.

REFLEXION

Warum ist Selbstannahme die Grundlage für Nächstenliebe?

Welche Folgen kann Nächstenliebe ohne Selbstannahme haben?

Wie wichtig war Leistung in deiner Herkunftsfamilie?

Bibeltext zum Nachlesen: Galater 5,13-17

Was treibt uns an, wenn wir den Nächsten ohne Liebe »lieben« (Vers 16)?

Welche Freiheit braucht man für die Nächstenliebe (Vers 13)?

Wenn du etwas für andere tust – was macht deren Feedback mit dir?

Erkennst du Leistungsdenken bei dir? Wie wirst du dagegen vorgehen?

AKTION

Formuliere, was dich ausmacht – ohne dabei Leistungen zu erwähnen. Wenn dir das schwerfällt, lass dir von anderen helfen.

AUFGABE

Mache etwas für dich, was dir Spaß macht. Und sage bewusst „Nein", wenn jemand etwas von dir möchte, was du eigentlich gar nicht willst. Erzähle, wie es dir damit ergangen ist.

FREUNDLICHES MITEINANDER

ZUM NACHDENKEN
Welches Verhalten findest du besonders anziehend?

EINHEIT ALS VIDEO
www.ECHT-leben.de/C12

»Meine Kollegen sind in Ordnung. Manche jedenfalls. Die Frau aus der Buchhaltung zum Beispiel – die war letztens echt nett zu mir. Der muss ich auch mal behilflich sein. Dem aus der Technik würde ich im Gegensatz dazu niemals helfen. Der hat mir letztens total dreist den Parkplatz weggenommen. Bei meinem Chef ist das so eine Sache: Einerseits hält er große Stücke auf mich, andererseits kann er auch schon mal ziemlich laut werden. Hm, soll ich lieber freundlich zu ihm sein oder ihn auf Abstand halten? Manchmal ist es gar nicht so einfach, den Leuten so zu begegnen, wie sie es verdient haben.«

WARUM IST EIN GUTER UMGANG WICHTIG?

Ein Professor ärgert sich über einen Studenten: »Mit dem, was Sie nicht wissen, können noch zwei andere durchfallen!«

So einen fiesen Eindruck wie dieser Professor will eigentlich niemand hinterlassen, oder!? Es ist doch so: Sind wir nett und freundlich, dann sind andere gern mit uns zusammen. Wenn wir allerdings den Anschein vermitteln, wir hätten in eine saure Zitrone gebissen, dann halten die Menschen lieber Abstand. Oder aber sie lassen sich von uns anstecken und verhalten sich ebenso. Dann ist ein Konflikt in der Regel vorprogrammiert. Es macht also Sinn, darüber nachzudenken, wie wir auf andere wirken und welche Folgen das für uns haben kann.

WAS BEWIRKT EIN LIEBEVOLLER UMGANG?

Ein liebevoller Umgang wirkt anziehend. Wenn wir unseren Mitmenschen mit Respekt und Liebe begegnen, dann sind sie gern in unserer Gesellschaft. Sie fühlen sich wohl und können sich entspannen. Das ist für Beziehungen sehr wichtig. Deine freundliche Ausstrahlung hat also eine große Auswirkung auf dein Umfeld.

Im Gegensatz dazu wirken Menschen, die schroff und unhöflich mit anderen umgehen, unsympathisch. Solchen Menschen geht man am liebsten aus dem Weg.

Ein K N A U T S C H S A C K ist ein schönes Bild dafür: Du kannst daran herrlich deinen Frust auslassen, aber hinterher ist das Säckchen ziemlich verbeult und deformiert. Wenn wir also unseren Frust rausließen, würden andere dadurch in Mitleidenschaft gezogen.

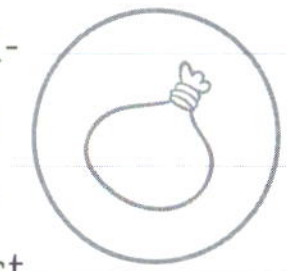

MAL ANGENOMMEN

... du sammelst Briefmarken. Durch einige sehr günstige Umstände kannst du eine »Blaue Mauritius« für 100.000 Euro ersteigern. Das ist ein Grund zur Freude, denn die Marke ist ein Vielfaches davon wert. Würdest du dieses filigrane Zettelchen irgendwo mit einem Klebestreifen oder einer Reißzwecke an die Wand heften? NIEMALS! Bestimmt würdest du eine Vitrine dafür herrichten, in der du diese seltene Briefmarke aufbewahren, sie schützen und allen zeigen könntest. Genauso solltest du auch mit deinen Mitmenschen pfleglich umgehen. Schließlich sind sie ebenfalls einzigartig und noch viel wertvoller, nicht wahr!?

WOHER KOMMT EIN LIEBLOSER UMGANG?

Niemand will bei anderen einen schlechten Eindruck vermitteln. Trotzdem passiert es uns immer wieder. Möglicherweise liegen die Gründe dafür tiefer. Zum Beispiel sind wir schnell aufbrausend oder mürrisch, wenn wir ganz allgemein unzufrieden sind. Vielleicht haben wir auch schlechte Erfahrungen gemacht, wurden verletzt oder haben Enttäuschungen erlebt – und fühlen uns deshalb schnell angegriffen!? In so einem Fall reagieren wir eigentlich gar nicht auf die aktuelle Situation, sondern auf eine vergangene. Wenn du dein Verhalten verändern willst, aber einfach nicht weiterkommst, dann lohnt es sich, genauer hinzusehen und deine tieferen Beweggründe herauszufinden.

Matthäus 25,34-40 Ein guter Umgang war Jesus wichtig. In einer Geschichte vergleicht er Gott mit einem König und zeigt daran einige Prinzipien auf: »*Dann wird der König zu denen auf seiner rechten Seite sagen: ›Kommt her! Euch hat mein Vater gesegnet. Nehmt das Reich in Besitz, das von Anfang der Welt an für euch geschaffen worden ist! […] Denn als ich fremd war, habt ihr mich aufgenommen; als ich krank war, habt ihr mich besucht, und als ich im Gefängnis war, kamt ihr zu mir.‹ ›Herr‹, werden dann die Gerechten fragen ›wann haben wir dich […] als Fremden bei uns gesehen und aufgenommen? Wann haben wir dich krank gesehen oder im Gefängnis und haben dich besucht?‹ Darauf wird der König erwidern: ›Ich versichere euch: Was ihr für einen meiner gering geachteten Geschwister getan habt, das habt ihr für mich getan.‹*«

WAS DRÜCKT UNSER UMGANG MIT ANDEREN AUS?

Gottes Herz schlägt für Menschen. Er liebt sie so sehr, dass er unter Einsatz seines Lebens all ihre Fehler ausgleicht – nur um mit ihnen zusammen sein zu können. Wenn wir das verstehen und begreifen, dann können wir einfach nicht lieblos mit unseren Mitmenschen umgehen. Das ist der Grund, warum Jesus unser Verhalten direkt auf unsere Beziehung zu Gott bezieht: Was ihr anderen **»getan habt, das habt ihr für mich getan.«** Wie wir uns anderen gegenüber verhalten, spiegelt wider, wie viel wir von Gott verstanden haben. Es ist ihm wichtig, wie wir miteinander umgehen, denn dadurch zeigen wir, wie wir Gott gegenüber empfinden (1. Johannes 4,20).

WAS HAT UNSER UMGANG MIT ANDEREN FÜR FOLGEN?

Gott stellt sich dazu, wenn wir freundlich mit anderen umgehen. Jesus sagt: **»Euch hat mein Vater gesegnet. Nehmt in Besitz, was für euch geschaffen worden ist!«** Wie kann so ein Segen aussehen? Sind wir freundlich zu anderen, sind diese es oft auch zu uns. Das kannst du zum Beispiel ausprobieren, indem du andere Menschen anlächelst. Meistens bekommst du ein Lächeln zurück. Und das macht einen froh. Gott segnet uns aber auch auf einer anderen Ebene: Wir dürfen etwas in Besitz nehmen, was uns eigentlich schon zusteht. Damit ist ein Gefühl von Zufriedenheit gemeint, das du bekommst, wenn du Gott in deinem Gegenüber gesehen und ihn dementsprechend behandelt hast. Freundlichkeit, die wir anderen entgegenbringen, fließt also zu uns zurück.

WIE SIEHT EIN LIEBEVOLLER UMGANG AUS?

Sichtbar wird unser liebevoller Umgang durch das, was wir tun oder sagen. Jesus zählt konkrete Taten auf: **»Kranken- und Gefängnisbesuche, Fremde aufnehmen«**. Wer liebevoll mit dem Nächsten umgeht, sieht das Bedürfnis desjenigen und antwortet darauf. So jemand stellt die eigenen Bedürfnisse für einen Moment zurück, um dem anderen zu dienen. Wer liebevoll mit anderen umgeht, springt über seinen eigenen Schatten und überwindet Ängste auf dem Weg zum anderen. In deinem Alltag können das ganz unterschiedliche Dinge sein. Bitte Jesus, dir zu zeigen, wodurch du deine Freundlichkeit und dein Mitgefühl ausdrücken kannst. Damit bist du Gottes verlängerter Arm in dieser Welt.

WAS IST DAS BESONDERE IM UMGANG MIT ANDEREN?

Die Leute in dem Bibeltext fragen ganz verdutzt: **»Wann haben wir dich gesehen und aufgenommen und besucht?«** Hier ist die Rede von ganz normalen, einfachen Begebenheiten, die eigentlich selbstverständlich sind. Jemanden zu besuchen, der krank ist, oder der älteren Nachbarin die Einkäufe hochzutragen, klingt nicht unbedingt heldenhaft, hat aber bei Gott einen ziemlich hohen Wert. Unsere Freundlichkeit macht das Profane zu etwas Heiligem. Jesus verleiht scheinbaren Banalitäten eine ungeahnte Bedeutung. Für uns mag etwas nicht der Rede wert sein, aber für Jesus ist es ein kostbarer Gottesdienst. Dadurch bekommt dein Alltag Farbe und Gewicht.

WIE IST JESUS MIT ANDEREN UMGEGANGEN?

Es ist interessant zu beobachten, wie Jesus den Menschen begegnete, für die der Rest der Gesellschaft nur Verachtung übrig hatte. Er behandelte die Aussätzigen und Ausgestoßenen mit Liebe und hatte keine Angst sie zu berühren. Die Verachteten der Gesellschaft schloss er in sein Herz, und Betrüger und Prostituierte lud er zum Abendessen ein. Sein Herz war voller Liebe, die er verschwenderisch weitergab. Du hast seinen freundlichen Umgang ebenfalls erfahren. Diese bedingungslose Liebe, die Jesus für dich hat, darfst du genießen – und auch von ihr lernen und sie weitergeben.

WIE KANN SICH UNSER UMGANG VERÄNDERN?

Wie kannst du vorgehen, wenn du dich künftig freundlicher verhalten möchtest? Zuerst solltest du einen Schlussstrich ziehen: Wo war in der Vergangenheit dein Umgang nicht korrekt? Bitte Jesus um Vergebung und dass er dich verändert. Dann könntest du zum Beispiel damit beginnen, deine Arbeitskollegen und Nachbarn anzulächeln und sie freundlich zu grüßen. Gelingt dir das, dann biete deine Hilfe an. Vielleicht könntest du einem Kranken einen Gruß schicken!? Oder Flüchtlinge willkommen heißen!? Nimm dir wie die Pfadfinder vor, jeden Tag mindestens eine gute Tat zu tun. Achte auch darauf, wie du dich in Stresssituationen verhältst. Bitte Gott, dass er dich ruhig und dein Herz weich und mitfühlend macht. Er wird dir sehr gern behilflich sein.

POSTSKRIPTUM

Willst du Gott begegnen,
schau dich um.
Da sind Menschen um dich herum,
die ihn in sich tragen.
Was werden sie eines Tages über dich sagen?
Bist du bereit, mit ihnen Lasten zu tragen?
Ganz oft findet man in kleinen Dingen
die Gelegenheit Gott unters Volk zu bringen.
In Einkaufstaschen tragen wir ihn in die Welt
besuchen wir Kranke und Gefangene ist es das, was ihm gefällt.
Er sieht dein Herz
und du hast dein Herz in der Hand,
wenn du sie einem Armen reichst,
ihm unter die Arme greifst
und am Ende hat er Gott erkannt.
Das alles hatte in Jesus seinen Anfang.
Der Höchste wurde klein.
Ist König der Könige
und doch wollte er nicht im Palast sein.
Königlich wird revolutioniert.
Statt mächtig und erhaben
wird königlich mit demütig definiert.
Du bist ein Königskind und königlich wie er
lass dich von Jesus hofieren
und von ihm zum Dienst inspirieren.
Dann ist er HERR
und du kannst befreit deine Mitmenschen lieben.

REFLEXION

Was bewirkt ein liebevoller Umgang?

Was könnten Ursachen für einen lieblosen Umgang sein?

Welches Feedback zu deinem Verhalten hast du in letzter Zeit bekommen?

Bibeltext zum Nachlesen: Matthäus 25,34-40

Was hat das Verhalten anderen gegenüber mit Gott zu tun (Vers 40)?

Wie sieht laut Bibeltext ein liebevoller Umgang aus (Verse 35-36)?

Wen könntest du bitten, dir dein Verhalten ehrlich zu spiegeln?

Was wirst du unternehmen, um künftig liebevoll mit anderen umzugehen?

AKTION

Bildet Zweier- oder maximal Dreiergruppen. Tauscht euch darüber aus, wann es euch besonders schwerfällt, freundlich zu bleiben. Betet füreinander!

AUFGABE

Plane ganz bewusst drei Taten der Liebe (z.B. Kranken, Flüchtlingen, Nachbarn zu helfen). Berichte beim nächsten Mal davon und wie die Betroffenen reagiert haben.

ZUM NACHDENKEN
Was ist dein erster Gedanke, wenn du Kirche hörst?

FAMILIÄRE GEMEINSCHAFT

»Früher war ich gern in der Kirche. Das Kinderprogramm war nett. Aber heute? Ist Kirche überhaupt noch zeitgemäß? Einige Leute sind ja ganz nett, aber andere kann ich gar nicht leiden. Was bringt es mir, da immer wieder hinzugehen? Sie sagen, dass es gut für mich ist, dass ein guter Christ eben zum Gottesdienst geht. Aber was soll ich da? Ich kann doch auch zu Hause als Christ leben. Okay, die Predigten sind manchmal ganz interessant. Oft verstehe ich aber auch nur Bahnhof. Klar, Kirche ist mehr als das Gebäude. Aber was dann? Und warum brauche ich die Kirche für meine Beziehung zu Gott?«

EINHEIT ALS VIDEO
www.ECHT-leben.de/C13

WAS IST KIRCHE NICHT?

Warum gehen manche Leute eigentlich gern in die Kirche und andere nicht? Ameisen gehen übrigens nicht gern in Kirchen. Allerdings hat das bei ihnen einen anderen Grund: Die sind nämlich InSekten.

Manche Menschen sagen: »Ich war schon länger nicht mehr in der Kirche.« Sie bringen Kirche also mit den Räumlichkeiten in Verbindung. Aber Kirche ist mehr als das. Andere fragen vielleicht: »In was für eine Kirche gehst du?« Sie halten Kirche für eine Art Verein. Aber Kirche ist mehr als das. Wieder andere sagen: »Ich mag die Kirche wegen der schönen Musik.« Für sie ist Kirche eine Veranstaltung. Dabei ist Kirche mehr als das. Gottes Vorstellungen sind einfach anders und größer.

WAS IST KIRCHE?

Gott hat sich Kirche ausgedacht. In der Bibel wird sie je nach Übersetzung auch als Gemeinde oder Versammlung bezeichnet. Das ursprüngliche Wort bedeutet »Herausgerufene« und bezeichnet eine Gruppe von Menschen, die Gott gerufen hat, damit sie eine Einheit bilden und so Teil einer größeren Sache werden. In manchen Kirchen ist die Taufe oder eine formelle Mitgliedschaft ein Schritt in diese Gemeinschaft. Aus Gottes Perspektive reicht allerdings die Entscheidung des Einzelnen, an Jesus Christus zu glauben. Wer das getan hat, der gehört bereits zu Gottes Kirche. Sich dann einer Gruppe von Christen vor Ort anzuschließen, ist im Grunde genommen nur ein logischer nächster Schritt.

WARUM IST KIRCHE WICHTIG?

»Allein geht man ein« – an dem Spruch ist was dran. Gemeinde ist wichtig, denn wenn wir zusammen in der Bibel lesen, helfen wir uns gegenseitig, den Text zu verstehen und im Alltag umzusetzen. Wir brauchen einander auch, um uns zu ermutigen und zu motivieren – und manchmal auch, um uns liebevoll auf Fehler hinzuweisen. Außerdem freut sich Gott und möchte besonders gern helfen, wenn mehrere Christen ein gemeinsames Anliegen haben und es im Gebet vor ihn bringen.

G R I L L K O H L E ist ein schönes Bild für Kirche. Wenn die Briketts schön eng beieinander liegen, dann glühen sie und verbreiten eine große Wärme. Nimmt man allerdings ein glühendes Kohlestück aus dem Haufen heraus, verlischt dieses in kürzester Zeit. So ist das auch mit der Gemeinde: In Gemeinschaft brennen Christen für Jesus – aber allein verlieren sie schnell das Feuer.

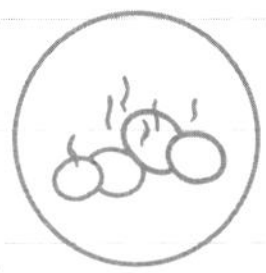

WOFÜR GIBT ES DIE KIRCHE?

Der Sinn von Kirche ist nicht nur die Gemeinschaft von Christen untereinander. Gott hat auch einige spezielle Aufträge an dieses Kollektiv: Er möchte, dass ihn möglichst viele kennenlernen. Deshalb soll Kirche andere für ihn begeistern. Eine herzliche Gemeinschaft ist einfach ansprechend und anziehend. Außerdem möchte Gott den Menschen helfen und ihnen Gutes tun. Auch hierzu will er seine Leute gebrauchen. Zusammen können wir Großes bewegen und Gottes Arme und Beine auf diesem Planeten sein. Gott will auch, dass wir ihn repräsentieren. Und weil er so vielseitig ist, können wir diese Facetten nur als Gesamtheit abdecken. Als Einheit sind wir Gottes Vertreter auf der Erde.

Matthäus 12,46-50 Jesus liebt seine Kirche. Sie bedeutet ihm überaus viel. Als seine leibliche Familie ihn einmal sprechen wollte, gab er eine überraschende Antwort: *»Während Jesus noch zu der Menschenmenge sprach, waren seine Mutter und seine Brüder angekommen. Sie blieben vor dem Haus und verlangten, ihn zu sprechen. ›Deine Mutter und deine Brüder sind draußen und fragen nach dir‹, sagte ihm einer. ›Wer ist meine Mutter und wer sind meine Brüder?‹, antwortete ihm Jesus. Dann wies er mit der Hand auf seine Jünger und sagte: ›Das hier ist meine Mutter und das sind meine Brüder! Jeder, der nach dem Willen meines Vaters im Himmel lebt, ist mir Bruder, Schwester und Mutter.‹«*

WAS IST KIRCHE FÜR EINE GEMEINSCHAFT?

In unserer Familie sollten wir eigentlich Wertschätzung, Schutz und Liebe erfahren. Bedauerlicherweise haben viele das in ihrer Familie leider nicht so erlebt. Jesus möchte, dass Kirche eine Art Ersatzfamilie ist, in der wir genau diese Dinge erleben. Er bezeichnet die Leute um ihn herum als seine Familienmitglieder: **»Das hier ist meine Mutter und das sind meine Brüder.«** In dieser Gemeinschaft soll sich jeder gern aufhalten dürfen und sich angenommen und zu Hause fühlen. Hier dürfen die emotionalen Löcher, die jeder mitbringt, ausgefüllt und heil werden.

Kirche soll ein Ort der herzlichen Gemeinschaft sein, an dem wir echt sein dürfen und wir uns gegenseitig weiterhelfen. Enorm, dass Jesus diese Gruppe von Christen als seine Familie bezeichnet, nicht wahr!?

WIE WICHTIG IST KIRCHE?

Der Bibeltext macht stutzig. Jesus fragt doch tatsächlich: **»Wer ist meine Mutter und wer sind meine Brüder?«** Man könnte denken, dass Kirche ihm wichtiger war als seine eigene Familie. Konkurrieren diese beiden Gemeinschaften also miteinander? Häufig leider schon. Manche leibliche Familie, die nicht viel vom Christsein hält, versucht vielleicht, den Glauben auszureden, madig zu machen oder gar zu verbieten. Und selbst wenn sie nichts dagegen haben, kann es sein, dass sie uns in Beschlag nehmen und verhindern, dass wir tatsächlich Teil der Kirche werden. Jesus liebt seine leibliche Familie. In anderen Bibeltexten kann man sehen, wie sehr er sich um sie kümmert. Trotzdem setzt er hier klare Prioritäten.

WAS VERBINDET DIESE GEMEINSCHAFT?

Was Menschen miteinander teilen, schafft Verbindung. In der Kirche ist das die gemeinsame Ausrichtung. Jesus sagt: **»Jeder, der nach dem Willen meines Vaters im Himmel lebt…«** In der Kirche geht es also primär nicht um die Gemeinschaft, sondern um den gemeinsamen Wunsch, Gottes gute Gedanken für unser Leben herauszufinden und umzusetzen. Wenn eine Kirche dieses Anliegen vor Augen hat, dann lässt sie sich nicht von zwischenmenschlichen Konflikten aufhalten, sondern die Leute helfen sich gegenseitig weiter und sind gemeinsam in dieselbe Richtung unterwegs.

… du möchtest gern mit einem Boot fahren. Allerdings steht dir nur ein Vierer mit Riemen zur Verfügung – also ein Ruderboot für vier Personen, von denen jeder ein Ruder hat und bedient. Das Problem ist: Du bist allein. Würdest du trotzdem eine kleine Spritztour machen? NIEMALS! Denn solange du allein bist, kannst du nur auf einer Seite paddeln. Und damit fährst du immer nur im Kreis. Du musst also zuerst andere suchen, damit ihr gemeinsam vorwärts kommt und die Tour genießen könnt. Genauso ist das auch mit der Kirche: Du brauchst andere, damit du in deiner Beziehung zu Gott weiterkommst und ihr gemeinsam euren Auftrag leben könnt.

WAS ZEICHNET EINE GUTE KIRCHE AUS?

Vielleicht hast du mehrere christliche Gruppen in deiner Umgebung!? Woran erkennst du, welche davon gut für dich sein könnte? Hier ein paar Überlegungen, die hilfreich für dich sein könnten:

- Geht es vor allem um Jesus Christus und steht er im Mittelpunkt?
- Gehen die Leute liebevoll miteinander um und reden sie auch über andere Christen gut?
- Ist es der Gemeinschaft wichtig, dass noch andere Menschen für Jesus begeis tert werden?
- Wird die Bibel ernstgenommen und ist sie Maßstab für Denken und Handeln?
- Kannst du dich einbringen und mithel fen, am Reich Gottes zu bauen?

MAL ANGE NO MMEN

WO FINDEN WIR DIE PERFEKTE KIRCHE?

Es lohnt sich, nach der richtigen Kirche zu suchen. Allerdings wirst du keine perfekte Gemeinschaft finden. Warum nicht? Weil jeder Mensch Schwächen hat und Fehler macht. Und: Die Atmosphäre wird nicht allein vom Pastor bestimmt, sondern ist ein Gemeinschaftswerk aller Beteiligten. Deshalb liegt es auch an dir, dazu beizutragen, dass eine Kirche dem nachkommt und das ausstrahlt, was ihre Bestimmung ist. Hilf auch mit, eine Kultur der Nächstenliebe zu schaffen und selber das zu leben, was Kirche ausmacht.

WIE FINDEN WIR EINE KIRCHE FÜR UNS?

Mach dich auf die Suche! Wenn du mehrere gute Kirchen vor Ort hast, dann schau sie dir einfach mal an und besuche ihre Veranstaltungen. Frag dich dabei, was dir noch wichtig sein könnte. Welche Musik magst du? Wie wichtig ist dir der sozialdiakonische Schwerpunkt? Passt zu dir besser ein freier oder ein fester Programmablauf? Geh aber vor allem auch auf die Leute zu und lerne sie kennen. Lade sie gern auch mal ein. Such dir einen Platz, wo du mitarbeiten und dich einbringen könntest. Du wirst entdecken und staunen, was Kirche alles für dich bereithält.

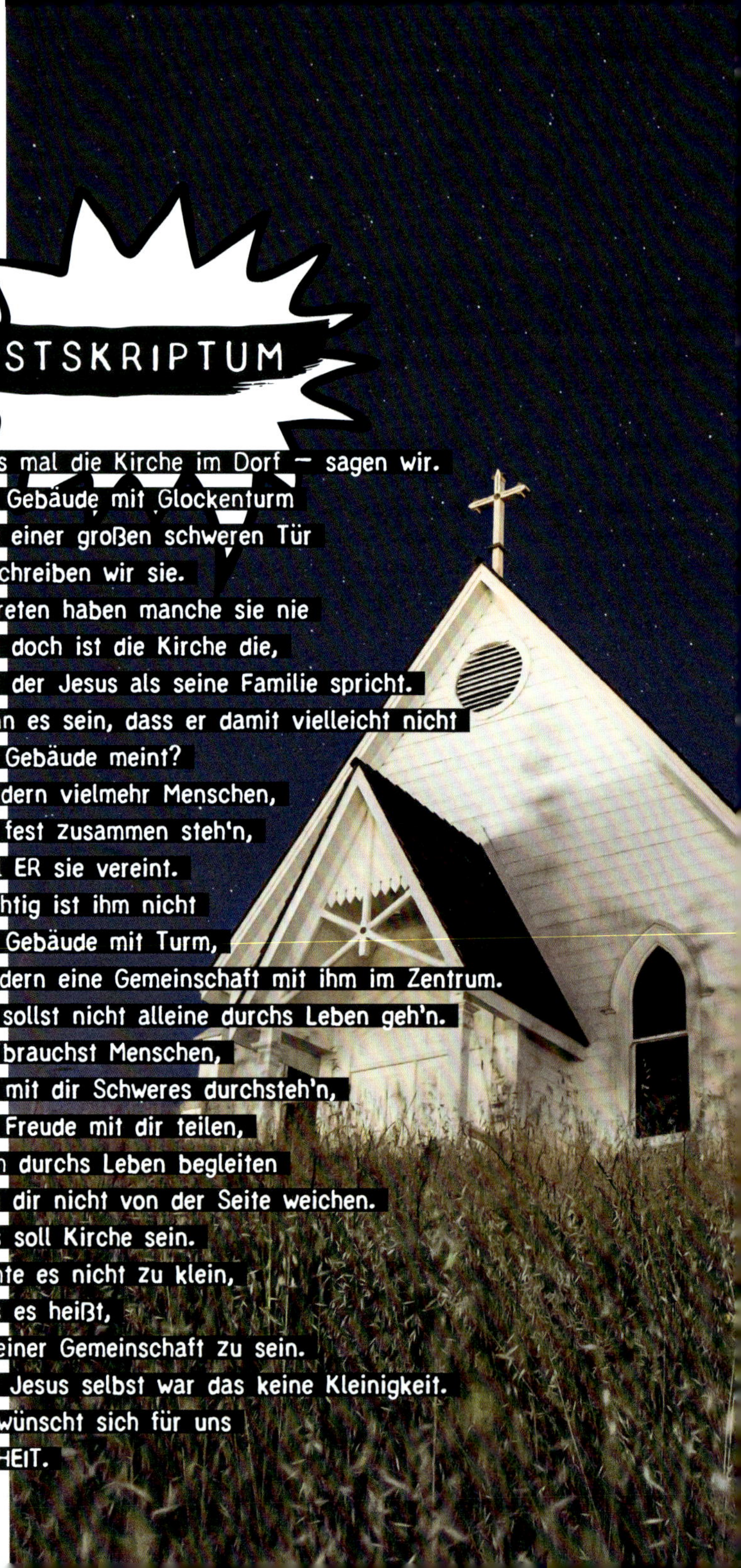

POSTSKRIPTUM

Lass mal die Kirche im Dorf – sagen wir.
Als Gebäude mit Glockenturm
und einer großen schweren Tür
beschreiben wir sie.
Betreten haben manche sie nie
und doch ist die Kirche die,
von der Jesus als seine Familie spricht.
Kann es sein, dass er damit vielleicht nicht
ein Gebäude meint?
Sondern vielmehr Menschen,
die fest zusammen steh'n,
weil ER sie vereint.
Wichtig ist ihm nicht
ein Gebäude mit Turm,
sondern eine Gemeinschaft mit ihm im Zentrum.
Du sollst nicht alleine durchs Leben geh'n.
Du brauchst Menschen,
die mit dir Schweres durchsteh'n,
die Freude mit dir teilen,
dich durchs Leben begleiten
und dir nicht von der Seite weichen.
Das soll Kirche sein.
Achte es nicht zu klein,
was es heißt,
in einer Gemeinschaft zu sein.
Für Jesus selbst war das keine Kleinigkeit.
Er wünscht sich für uns
EINHEIT.

REFLEXION

Wofür braucht jeder Christ die Gemeinschaft mit anderen Christen?

Was ist Gottes Auftrag an die Kirche?

Welche guten Erfahrungen hast du mit Kirche gemacht?

Bibeltext zum Nachlesen: Matthäus 12,46-50

Welche Verbindungen gibt es zwischen Kirche und Familie (Vers 49)?

Welches Anliegen verbindet die Leute von Jesus (Vers 50)?

Wie wichtig ist deiner Kirche: Jesus, Liebe, Mission, Bibel und Mitarbeit?

Was wirst du tun, um Kirche zu vervollständigen?

AKTION

(du benötigst: ausreichend Schaschlikspieße)

Jeder zerbricht einen Schaschlikspieß. Dann können alle versuchen, einen ganzen Bund Spieße zu zerbrechen. Was fällt auf?

AUFGABE

Sprich bei deinem nächsten Gottesdienstbesuch mindestens fünf Personen mit Bruder bzw. Schwester an. Berichte beim nächsten Mal, wie die Leute darauf reagiert haben.

BESTE FREUNDE

ZUM NACHDENKEN
Welcher Film behandelt das Thema Freundschaft besonders gut?

EINHEIT ALS VIDEO
www.ECHT-leben.de/C14

»Was für ein blöder Spruch, ich hätte keine Freunde. War zwar nur als Spaß gemeint, hat mich aber trotzdem irgendwie getroffen. Schließlich will jeder Freunde haben. Außerdem hab ich ja welche. Okay, auf den einen oder anderen bin ich nicht gerade stolz. Und manche nennen sich meine Freunde, sind es aber gar nicht. Ein paar echte habe ich aber. Wobei: Was macht eigentlich Freundschaft aus? Wer sind denn wirklich meine Freunde? Ich hätte schon gern einen, der für mich da ist, wenn ich ihn brauche. Nur, wie finde ich so jemanden?«

WARUM SIND FREUNDE WICHTIG?

Im Lexikon steht: »Freundschaft ist ein auf gegenseitiger Zuneigung beruhendes Verhältnis von Menschen zueinander« (Wikipedia). Vor allem ist sie auch eine Erfindung Gottes. Er hat uns so gemacht, dass wir einander brauchen. In Beziehungen hilft und korrigiert man sich gegenseitig. Freunde bereichern einfach unser Leben. Auch wenn sich manch einer als Einzelgänger fühlt, sind wir tief im Inneren für die Gemeinschaft geschaffen und haben das Bedürfnis unser Leben mit anderen zu teilen.

Sagt der Pfarrer bei einer Beerdigung: »Er hatte viele Freunde.« Aber weil er ganz allein am offenen Grab steht, fügt er hinzu: »Bei Facebook.« Was zeichnet eine gute Freundschaft aus? Wie gewinnen wir Freunde? Und wie werden wir selber welche?

WAS SIND DIE VORZÜGE VON FREUNDSCHAFTEN?

Freunde machen glücklich. Es ist wissenschaftlich belegt, dass sie uns guttun, unser Wohlbefinden steigern und die Gesundheit fördern. Warum?

- Freunde ermutigen sich gegenseitig, wenn sie niedergeschlagen sind.
- Sie zeigen sich Perspektiven auf, wenn sie nicht mehr weiterwissen.
- Sie müssen sich nichts beweisen und nehmen sich so an, wie sie sind.
- Freunde dürfen uns auch mal kritisieren und auf Fehler hinweisen.
- Sie feuern uns an und trauen uns oft mehr zu als wir uns selbst.
- Sie helfen uns, dass sich unser Charakter entwickelt und wir uns zurechtfinden.

Freundschaften tun uns einfach gut.

WAS SIND DIE AUSWIRKUNGEN VON FREUNDSCHAFTEN?

An unseren Freunden können wir erkennen, wer wir sind – oder wer wir sein werden. Die Menschen, mit denen wir uns umgeben, haben nämlich einen bedeutenden Einfluss auf uns. Das liegt daran, dass wir uns einander angleichen – zum Beispiel in Bezug auf Freizeitgestaltung, Verhaltensweisen, Vorlieben, Stile oder auch Meinungen.

Weil der H U N D als der beste Freund des Menschen gilt, haben manche Fotografen diesen Gedanken aufgegriffen und Hunde mit ihren Herrchen fotografiert, die sich irgendwie ähneln. Das ist ein nettes Bild dafür, wie stark unsere Beziehungen uns verändern.

Freundschaften sind ein wichtiger Teil unseres Lebens und prägen uns und unser Handeln. Und zwar sowohl in positiver als auch in negativer Weise. Deshalb ist es sehr wichtig, dass wir unsere Freunde sehr bewusst aussuchen.

WAS ERWARTEN FREUNDE VONEINANDER?

Freunde sind zuverlässig und halten ihre Versprechen. Sie sind ehrlich, loyal und können Geheimnisse für sich behalten. Freunde gehen wertschätzend miteinander um. Und wenn mal etwas schiefläuft, dann sind sie geduldig und vergeben immer wieder. Auch helfen sich Freunde ganz praktisch und verbringen Zeit miteinander. Doch bevor wir etwas von anderen verlangen können, sollten wir selber die Kriterien eines guten Freundes erfüllen. Wir müssen bereit sein, uns zu investieren. Gute Freundschaft fängt also bei uns selbst an und geschieht nicht automatisch. Bist du selbst zuverlässig, ehrlich, vergebungsberei t...? Um gute Freunde finden zu können, müssen wir einfach selbst erstmal gute Freunde sein.

Johannes 15,9-16 Jesus Christus hatte viele Freunde. Von ihm können wir einiges über Freundschaft lernen: »*Ich habe euch genauso geliebt, wie der Vater mich geliebt hat. Bleibt in meiner Liebe! Ihr bleibt darin, wenn ihr meine Gebote haltet. [...] Ich habe euch das gesagt, damit auch ihr von meiner Freude erfüllt werdet. Ja, eure Freude soll vollkommen sein! Mein Gebot an euch lautet: »Liebt einander so, wie ich euch geliebt habe!« Die größte Liebe beweist der, der sein Leben für seine Freunde hingibt. Und ihr seid meine Freunde – falls ihr meine Gebote befolgt. Ich nenne euch Freunde und nicht mehr Sklaven. Denn ein Sklave weiß nicht, was sein Herr tut. Aber ich habe euch alles mitgeteilt, was ich von meinem Vater gehört habe. Nicht ihr habt mich erwählt, sondern ich habe euch erwählt.*«

WAS IST DAS GEHEIMNIS ECHTER FREUNDSCHAFT?

Jesus ist der beste Freund, den man sich vorstellen kann. Sicher, weil er der Erfinder von Freundschaft ist. Hier verrät er sein Geheimnis: **»Freunde geben ihr Leben für ihre Freunde«** – und zwar in Verbindung mit: **»Eure Freude soll vollkommen sein!«** Sich für das Wohl des anderen zu investieren – diese Liebe ist der Schlüssel. Der Sohn Gottes ist sich nicht zu schade, sich für seine Freunde aufzuopfern – damit diese ihr Glück finden. Das Wohlergehen seiner Freunde stellt er über sein eigenes. Wenn du ein guter Freund sein willst, dann habe im Blick, was dem anderen guttut und setz dich dafür ein. Und wenn der andere das Gleiche auf dem Schirm hat, ist das eine runde Sache.

WAS IST WICHTIG FÜR EINE FREUNDSCHAFT?

Im Text fällt auf, dass Jesus quasi eine Bedingung für echte Freundschaft formuliert: **»Ihr seid meine Freunde, FALLS ihr meine Gebote befolgt.«** Freunde dürfen persönlich werden und direkt sein und sich gegenseitig korrigieren. Sie wollen einander helfen und weiterbringen. Das erfordert einerseits eine hohe Verantwortung, andererseits eine große Offenheit beim Gegenüber. Auch Jesus war offen und ehrlich zu seinen Freunden: **»Ich habe euch alles mitgeteilt, was ich von meinem Vater gehört habe.«** Das Gleiche rät er auch uns. Willst du ein guter Freund sein, dann übernimm Verantwortung für den anderen und hilf ihm weiter, indem du mutig und ehrlich bist. Sei gleichzeitig offen dafür, dass dein Freund auch bei dir persönlich und direkt sein und dich korrigieren darf.

WELCHE ASPEKTE HAT EINE GUTE FREUNDSCHAFT?

Gute Beziehungen finden auf verschiedenen Ebenen statt:

- Da gibt es zum Beispiel die geistige Ebene: Es ist wichtig, sich gegenseitig auch intellektuell das Wasser reichen zu können und Themen zu haben, die beide interessieren.
- Des Weiteren gibt es eine emotionale Ebene: Dazu gehört ein Verständnis für die Gefühlswelt des anderen, eine ähnliche Art von Humor und dass man miteinander lachen und weinen kann.
- Eine praktische Seite sollte es auch geben: Freunde können sich auf die Hilfe des anderen verlassen und haben oft auch gemeinsame Vorlieben und Interessen.
- Und die vierte Ebene ist die geistliche: Wenn beide an Jesus glauben, können sie mit- und füreinander beten und sich in ihrer Beziehung zu Gott weiterhelfen.

Mach dir Gedanken darüber, welche Ebenen dir besonders wichtig sind und überlege, ob und wie diese bei deinen Freundschaften vorkommen können.

WIE FINDEN WIR GUTE FREUNDE?

Was kannst du tun, um Freunde zu bekommen und die Freundschaften zu pflegen?

- Fang an, regelmäßig für gute Freundschaften zu beten.
- Und dann: Mach dich auf die Suche! Besuche Veranstaltungen, organisiere Spieleabende und lerne Leute kennen.
- Wenn es jemanden gibt, mit dem du dich gut verstehst, dann bleib dran, arrangiere Treffen und lade die Person ein, etwas gemeinsam zu unternehmen.
- Übe dich darin, ein guter Freund zu sein – zum Beispiel, indem du selbst zuverlässig, freundlich, hilfsbereit, ehrlich und geduldig bist.

Denk dran: Freundschaften kannst du nicht erzwingen. Mach deinen Wert deshalb nicht davon abhängig. Für Gott bist du so oder so kostbar und wertvoll. Wenn es also nicht klappt, fang einfach wieder von vorn an und mach dich erneut auf die Suche.

MAL ANGENOMMEN

... du wärst ein großer Autofan. Eines Tages verliebst du dich in ein besonders krasses Modell, für das du allerdings noch nicht genug Geld hast. Würdest du eine zeitlang auf Fastfood, Kino und irgendwelchen Nonsens verzichten, um den fehlenden Betrag für deinen Traumschlitten zusammenzusparen? AUF JEDEN FALL! Denn du weißt, was dich erwartet. Irgendwann kannst du mit deinem neuen Auto stolz durch die Gegend cruisen. Und dafür lohnt sich der Aufwand. Genauso ist es auch beim Thema Freundschaft: Wenn du dich darin übst, ein guter Freund zu sein, dann wirst du irgendwann gute Freunde haben. Und das lohnt sich doch, nicht wahr!?

WIE BEHALTEN WIR GUTE FREUNDE?

Freundschaften sind wie Pflanzen: Sie müssen genährt und gepflegt werden, damit sie sich entwickeln. Nimm dir deshalb immer wieder vor, ehrlich und aufrichtig zu sein. Investiere Zeit und Kraft und melde dich bei deinen Freunden. Wenn mal etwas schiefläuft, dann habe den Mut, die Dinge anzusprechen. Sei auch vergebungsbereit und suche die Versöhnung. Und wenn der andere gerade schwierige Zeiten durchmacht, dann habe Geduld und halte solche Zeiten aus. Mach im Grunde genommen alles, was du dir auch von dem anderen wünschen würdest. Vor allem aber darfst du deine Freundschaften genießen und Spaß mit deinen Freunden haben. Denn dafür sind sie ja auch da.

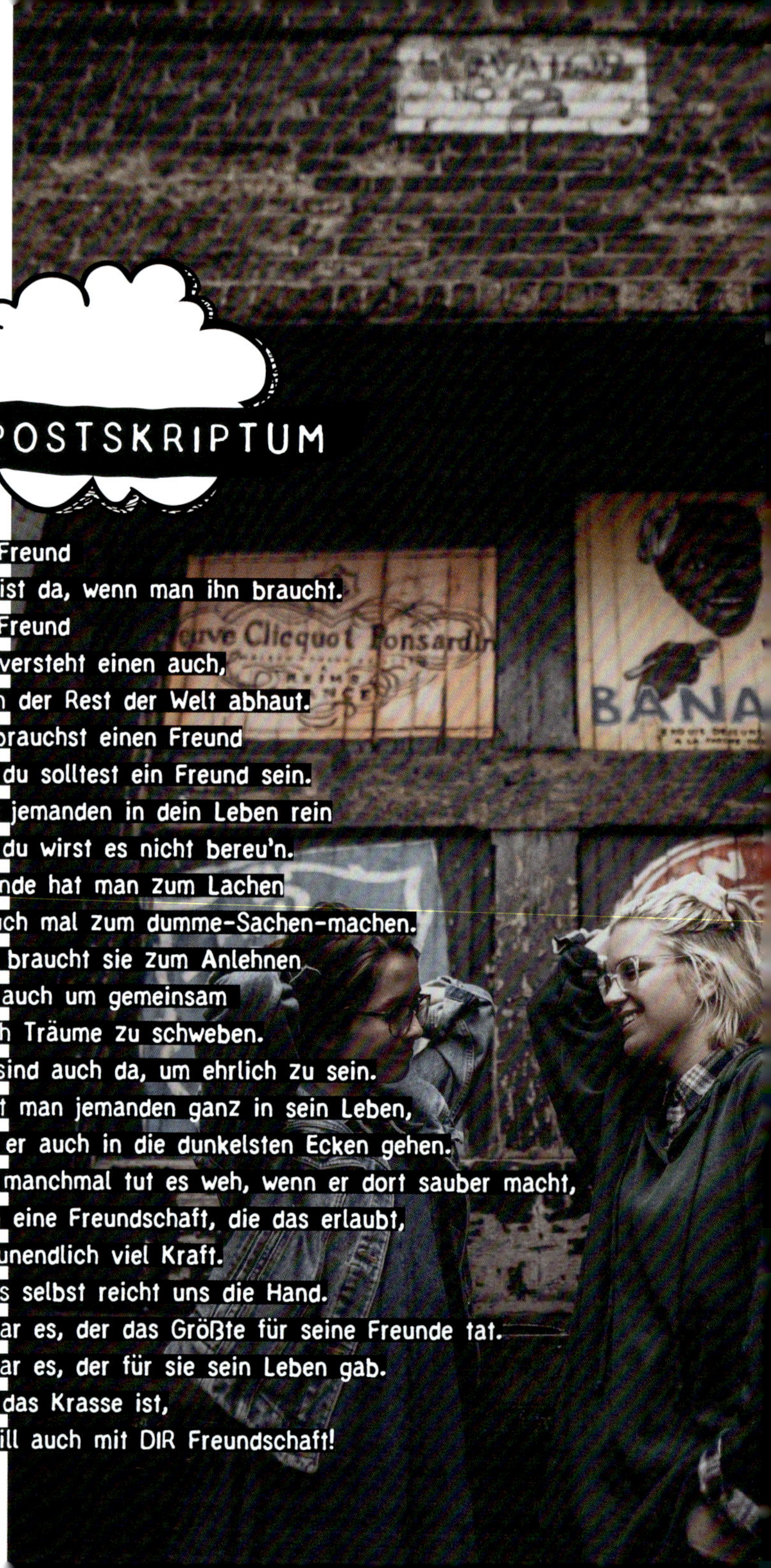

POSTSKRIPTUM

Ein Freund
der ist da, wenn man ihn braucht.
Ein Freund
der versteht einen auch,
wenn der Rest der Welt abhaut.
Du brauchst einen Freund
und du solltest ein Freund sein.
Lass jemanden in dein Leben rein
und du wirst es nicht bereu'n.
Freunde hat man zum Lachen
– auch mal zum dumme-Sachen-machen.
Man braucht sie zum Anlehnen
und auch um gemeinsam
durch Träume zu schweben.
Sie sind auch da, um ehrlich zu sein.
Lässt man jemanden ganz in sein Leben,
darf er auch in die dunkelsten Ecken gehen.
Und manchmal tut es weh, wenn er dort sauber macht,
doch eine Freundschaft, die das erlaubt,
hat unendlich viel Kraft.
Jesus selbst reicht uns die Hand.
Er war es, der das Größte für seine Freunde tat.
Er war es, der für sie sein Leben gab.
Und das Krasse ist,
er will auch mit DIR Freundschaft!

REFLEXION

Warum sind Freundschaften wichtig für Menschen?

Welche Auswirkungen hat der Freundeskreis?

Wie pflegst du deine Freundschaften?

Bibeltext zum Nachlesen: Johannes 15,9-16

Was ist das Geheimnis echter Freundschaft (Verse 11+13)?

Welche zwei Grundlagen einer tiefen Freundschaft werden genannt (Verse 14+15)?

Auf welchen Ebenen sind deine Freundschaften besonders stark/schwach?

In welche Freundschaft willst du investieren und wie?

AKTION

Die Gruppe überlegt reihum, was jedem Einzelnen Freude machen würde. Der Betreffende selbst darf sich erst im Nachhinein dazu äußern. Wie gut kennt ihr euch schon?

AUFGABE

Sag einem (evtl. möglichen) Freund etwas Ermutigendes, bete für ihn, hilf ihm praktisch und mach ihm eine Freude. Erzähl beim nächsten Mal, was du dabei erlebt hast.

BEFREIENDE VERGEBUNG

ZUM NACHDENKEN
Was löst der Spruch »wie du mir, so ich dir« bei dir aus

EINHEIT ALS VIDEO
www.ECHT-leben.de/C15

»Wenn der seinen Mund aufmacht, erwarte ich schon das Schlimmste. Kein Wunder – wie der mich verletzt hat. Am liebsten würde ich ihn auf den Südpol schießen. Wobei … die armen Pinguine. Eine gehörige Abreibung hat er jedenfalls verdient. Eigentlich ist er mir ja egal. Trotzdem muss ich immer wieder an ihn denken. Komisch. Ich will diese Sache endlich loswerden. Ist das überhaupt möglich?«

WOHIN MIT UNSEREM ÄRGER?

Wie du mir, so ich dir – so lautet der Slogan der Vergeltung. Wir denken, dass wir uns besser fühlen, wenn der andere sich schlecht fühlt.

So wie die Oma, die ihrem Enkel eine Wasserpistole schenkt. Der rennt vergnügt zum Waschbecken, um sie zu füllen. Seine Mama ist nicht so begeistert und sagt zu ihrer Mutter: »Hast du vergessen, wie sehr du diese Dinger immer gehasst hast?« Daraufhin die Oma: »Nein, das habe ich nicht …«

Gott sei Dank gibt es einen besseren Weg, seinen Ärger loszuwerden.

WIE KOMMT UNSER HERZ ZUR RUHE?

Gott kennt sich mit Verletzungen aus. Nicht nur, weil er weiß, wie wir uns fühlen - auch weil er selbst Betroffener ist. Es zerreißt ihm immer wieder das Herz, wenn seine Menschen sich gegenseitig bekriegen und ihn bei all dem völlig ignorieren. Ganz zu schweigen von Jesus Christus, der wie kaum ein anderer körperlich und seelisch verwundet worden ist. Seine Art damit umzugehen schlägt er auch uns vor: nämlich zu vergeben. Erscheint dir das zu groß oder zu billig oder zu schwer? Dann hilft es dir bestimmt weiter, wenn du eine neue Sicht von Vergebung bekommst.

WAS IST VERGEBUNG NICHT?

Vergebung bedeutet vieles ... nicht. Zum Beispiel:

- Vergebung ist keine schnelle Lösung des Problems.
- Durch Vergebung erlaubt man dem anderen nicht sein Fehlverhalten.
- Vergebung bedeutet nicht, zu vergessen.
- Man muss sich mit demjenigen, der einen verletzt hat, nicht gut verstehen.
- Und Vergebung darf auf keinen Fall die Verletzung relativieren.

WAS IST VERGEBUNG?

Gott möchte, dass wir vergeben, weil das gut für uns ist. Denn wenn wir jemandem etwas nachtragen, haben in der Regel wir selbst mühsam daran zu schleppen. Vergebung bedeutet, seinen Ärger zu vergeben - also an Gott abzugeben, weiterzugeben, loszulassen. Dazu müssen wir Gott zuerst einmal sagen, was uns verletzt hat. Das kann mitunter wehtun. Und dann ist es sinnvoll, uns dafür zu entscheiden, dem anderen die Schuld nicht mehr nachzutragen und vorzuwerfen.

WIE KÖNNEN WIR VERGEBEN?

Ein hilfreiches Bild ist eine ANKLAGESCHRIFT, in der genau steht, in welcher Art und Weise jemand einem Unrecht zugefügt hat. Wird die Schuld erstmal konkret formuliert, ist sie viel greifbarer und kann im Gericht verhandelt werden. Bei der Vergebung ist es ebenfalls wichtig, dass du das Unrecht benennst - was genau passiert ist und wie du dich dabei gefühlt hast. Oft reicht es, wenn du das in Gedanken machst. Manchmal ist es aber auch eine große Hilfe, wenn du wirklich einen Brief schreibst. Dann kannst du alles Gott vortragen und ihm sagen, dass du der betreffenden Person vergibst. Bitte ihn auch, dir zu helfen, dass dein Herz zur Ruhe kommt. Wenn du einen Zettel geschrieben hast, magst du ihn vielleicht anschließend symbolisch vernichten.

WIE LANGE DAUERT VERGEBUNG?

Vergebung ist einerseits eine Entscheidung, die man trifft, andererseits aber auch ein Prozess. Jesus Christus erklärt Petrus, dass er seinem Bruder siebzigmal siebenmal vergeben soll – also sehr oft. Vermutlich auch deshalb, weil man dieselbe Sache in der Regel mehrmals vergeben muss. Schließlich braucht es einige Zeit, bis diese Entscheidung vom Kopf ins Herz rutscht. Wenn also Ärger hochkommt, müssen wir ihn immer wieder Gott bringen und vergeben. Das kann anfangs noch ziemlich häufig sein. Aber mit der Zeit wird es ruhiger im Herzen – bis der Ärger irgendwann ganz verschwindet.

WORAN ERKENNT MAN VERGEBUNG?

Wie gesagt: Durch Vergebung (ver-) gibst du deinen Ärger an Gott. Vergebung ist also erstmal deine eigene Sache. Wenn der andere um Vergebung bittet, fällt es leichter. Aber das ist nicht immer der Fall und auch nicht notwendig. Für eine Versöhnung natürlich sehr wohl. Die Beziehung ist ja nicht automatisch wiederhergestellt, nur weil du dem anderen vergeben hast. In der Regel braucht es dafür Wiedergutmachung – zumindest in Form von aufrichtiger Reue. Und oft auch viel Zeit. Denn Wunden in der Seele müssen heilen und Vertrauen, das zerstört worden ist, muss neu wachsen. Erst dann kann – wenn beide das wollen – wieder eine Freundschaft wachsen.

Matthäus 18,27-35 Jesus Christus war das Thema Vergebung so wichtig, dass er öfter davon sprach. Zum Beispiel in dieser Geschichte: *»Ein König verlangte von seinen Dienern Rechenschaft. Gleich am Anfang brachte man einen zu ihm, der ihm einen Millionenbetrag schuldete. […] Da bekam der Herr Mitleid. Er gab ihn frei und erließ ihm auch noch die ganze Schuld. Doch kaum war der Diener zur Tür hinaus, traf er einen anderen Diener, der ihm einen kleinen Betrag schuldete. Er packte ihn an der Kehle, würgte ihn und sagte: ›Bezahle jetzt endlich deine Schulden!‹ […] Da wurde der König so zornig, dass er ihn den Folterknechten übergab, bis er alle seine Schulden zurückgezahlt haben würde. So wird auch mein Vater im Himmel jeden von euch behandeln, der seinem Bruder nicht von Herzen vergibt.«*

WARUM IST VERGEBUNG EIGENTLICH LOGISCH?

Dieser Mann hier hatte einen gigantischen Schuldenberg: **»einen Millionenbetrag«**. Deshalb gehörte dem König natürlich auch seine kleine Forderung einem Kollegen gegenüber. Jesus machte hier deutlich: Niemand ist immer nur Opfer und wird verletzt. Wir alle sind auch Täter. Im Laufe unseres Lebens kommt einiges an Schuld zusammen. Wie genial, dass Gott gern und bedingungslos vergibt. Dadurch nimmt er uns tonnenweise Schuld von den Schultern. Er vergibt uns – aber auch denjenigen, die an uns schuldig geworden sind. Und er wünscht sich, dass wir die Vergebung, die er uns schenkt, anderen nicht verweigern. Wie Gott mir, so ich dir.

WAS BEWIRKT VERGEBUNG?

Als der Mann seinem Kollegen die Schuld nicht ebenfalls erließ, kam er ins Gefängnis. **»Der König übergab ihn den Folterknechten.«** Das ist leider auch für uns eine traurige Wahrheit. Wenn wir nämlich auf unser Recht pochen und meinen, auf den anderen sauer sein zu dürfen, dann wächst Hass und Bitterkeit in unseren Herzen. Wir sehen alles nur noch durch die Brille der Verletzung. Dadurch sind unsere Gedanken so gefangen, dass wir vieles gar nicht mehr objektiv bewerten können. Das belastet irgendwann unser ganzes Leben – und natürlich auch unsere Beziehungen zu anderen Menschen. Vergebung macht also wirklich frei.

MAL ANGENOMMEN

... jemand hätte dich beklaut. Du erstattest Anzeige und der Dieb soll eingesperrt werden – allerdings bei dir und unter deiner Aufsicht. Also installierst du Kameras und Schlösser und überwachst ihn Tag und Nacht. Dem Dieb geht es gut – im Gegensatz zu dir: Du kannst kaum schlafen und musst laufend an den Dieb denken. Irgendwie bist du gefangener als der andere. Würdest du damit immer weitermachen? NIEMALS! Du würdest sicher versuchen, den Dieb loszuwerden, damit du selbst endlich wieder frei bist und zur Ruhe kommst, nicht wahr!? Genauso ist das auch bei der Vergebung: Man vergibt dem anderen – und befreit sich dadurch selbst.

WAS HILFT UNS BEIM VERGEBEN?

Was kann dir dabei helfen, deinen Ärger bei Gott loszulassen?

- Reflektieren: Denk an den Bibeltext und halte dir vor Augen, dass du selbst auch schon andere verletzt hast. Das kann dich motivieren, auch mit deinem Nächsten gnädig umzugehen.
- Mitfühlen: Versuche, dich in den Täter hineinzuversetzen. Überlege, was ihn dazu gebracht haben könnte. Wenn du seine eigenen Nöte und Beweggründe nachvollziehen kannst, wirst du deinen Ärger möglicherweise leichter an Gott abgeben können. Mach das aber nicht, wenn die Verletzung so schwer war, dass der bloße Gedanke daran dich schon überfordert.
- Übergeben: Oft klagen die Schreiber der Psalmen Gott ihre Rachegedanken. Das hört sich manchmal krass an. Aber er kann damit umgehen. Du kannst es ihnen nachmachen. Und dann überlass es Gott, wie er mit der anderen Person umgeht. Auch das wird dir helfen, loszulassen und Schritte der Vergebung zu gehen.

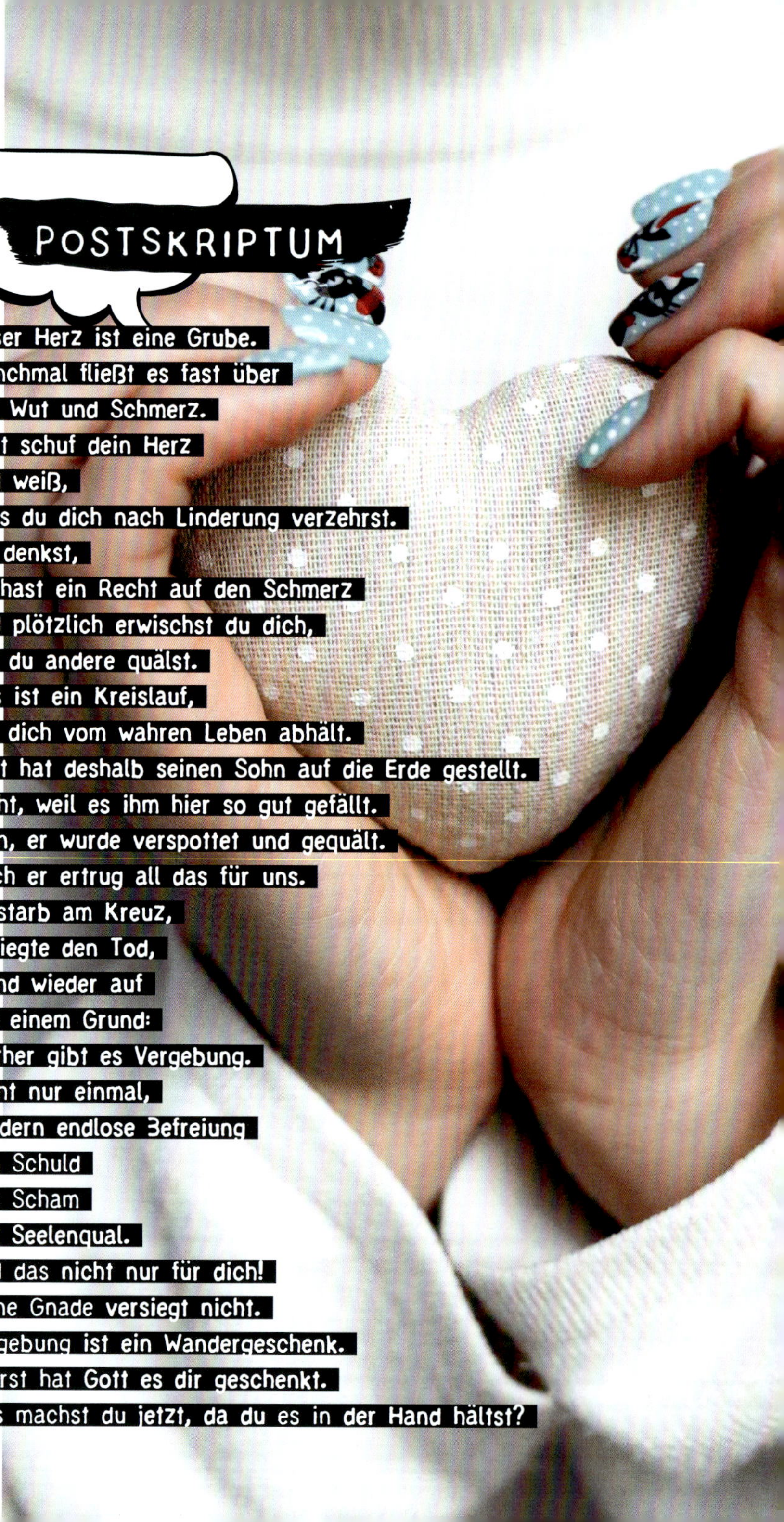

POSTSKRIPTUM

Unser Herz ist eine Grube.
Manchmal fließt es fast über
vor Wut und Schmerz.
Gott schuf dein Herz
und weiß,
dass du dich nach Linderung verzehrst.
Du denkst,
du hast ein Recht auf den Schmerz
und plötzlich erwischst du dich,
wie du andere quälst.
Das ist ein Kreislauf,
der dich vom wahren Leben abhält.
Gott hat deshalb seinen Sohn auf die Erde gestellt.
Nicht, weil es ihm hier so gut gefällt.
Nein, er wurde verspottet und gequält.
Doch er ertrug all das für uns.
Er starb am Kreuz,
besiegte den Tod,
stand wieder auf
aus einem Grund:
Seither gibt es Vergebung.
Nicht nur einmal,
sondern endlose Befreiung
von Schuld
von Scham
und Seelenqual.
Und das nicht nur für dich!
Seine Gnade versiegt nicht.
Vergebung ist ein Wandergeschenk.
Zuerst hat Gott es dir geschenkt.
Was machst du jetzt, da du es in der Hand hältst?

REFLEXION

Was denkst du: Für wen ist Vergebung wichtig?

Was tut Gott für dich und was erwartet er von dir?

Wann fiel oder wo fällt es dir besonders schwer zu vergeben?

Bibeltext zum Nachlesen: Matthäus 18,23-35

Warum bekommt der König Mitleid mit seinem Diener (Vers 27)?

Warum setzt der Diener seinen Kollegen wohl so unter Druck (Verse 28-30)?

Was hältst du von der Idee, einen Anklagebrief zu schreiben?

Welche Schritte willst du gehen, um vergeben zu können?

AKTION

(du benötigst schwere Steine)

Nimm dir einen Stein. Überlege welcher Person du vergeben möchtest. Dann lege den Stein symbolisch vor dir ab und sage dabei »ich vergebe dir!«.

AUFGABE

Versuche in den nächsten Tagen die Worte »ich vergebe dir« so oft wie möglich zu gebrauchen. Berichte beim nächsten Mal davon, wie die Leute darauf reagiert haben.

ZUM NACHDENKEN
Was geht dir durch den Kopf, wenn du »Urteil« hörst

ABGEWENDETES URTEIL

»Die Leute aus meinem Verein sind alle Chaoten. Unser Übungsleiter kommt immer zu spät. Auf meinen Trainingspartner kann ich mich nicht verlassen. Und der Kassenwart zieht die Monatsbeiträge nie pünktlich ein. Ha, ich möchte einmal mit Profis arbeiten. Ständig muss ich alle und alles kontrollieren, wenn es problemlos laufen soll. Irgendwie gerate ich auch im Alltag immer wieder an dieselben Leute. Dann kann ich schon vorhersehen, wann die mich enttäuschen. Wie jedes Mal. Echt anstrengend?«

EINHEIT ALS VIDEO
www.ECHT-leben.de/C16

WAS IST PROBLEMATISCH AM VERURTEILEN?

»Ihr Sohn hat mich ›dumme Kuh‹ genannt«, beschwert sich die Lehrerin beim Vater. »Dieser Junge«, antwortet der, »ich habe ihm schon so oft gesagt, dass er die Leute nicht nach ihrem Äußeren beurteilen soll.«

Vieles im Leben dürfen und müssen wir beurteilen, um daraus Rückschlüsse für unser Leben zu ziehen. Allerdings ist das in zwischenmenschlichen Beziehungen problematisch. Denn durch Verurteilen denken wir stark in Schubladen. »Immer«, »nie« und »sowieso« sind klassische Erkennungszeichen dafür. Unser Schubladendenken führt zu Pauschalurteilen, wie: »Auf Männer kann man sich eh nicht verlassen« oder »Frauen müssen sowieso immer herumnörgeln«. Und damit betrifft das Urteil nicht mehr nur denjenigen, über den man sich geärgert hat, sondern auch alle anderen Menschen, die sich zufällig in derselben Schublade befinden.

WAS STECKT HINTERM VERURTEILEN?

Im Alltag werden wir immer wieder verletzt und ungerecht behandelt oder aber wir empfinden es zumindest so. Darauf können wir ganz bewusst reagieren, indem wir dem anderen vergeben. Machen wir das nicht, verurteilen wir den anderen. Immer. Ob uns das bewusst ist oder nicht.

So ein »Erledigt!«-S T E M P E L ist ein interessantes Bild dafür. Befindet sich ein solcher Aufdruck auf einem Dokument, weiß jeder gleich, was damit zu tun ist: nicht weiter beachten. So ist das auch beim Verurteilen: Dadurch stempeln wir ebenfalls ab – und zwar andere Menschen.

Wenn wir unser Gegenüber verurteilen, tun wir ihm unter Umständen Unrecht. Ganz sicher wird es schwer für uns, den anderen überhaupt oder anders kennenzulernen. Hinzu kommt, dass sich Ärger, Wut und Bitterkeit in uns breitmachen, unsere Seele vergiften und wir blind werden für unsere eigenen Fehler und Schwächen.

Matthäus 7,1-5 Zum Thema Richten findet Jesus scharfe Worte. Sicher, weil das Verurteilen so eine große Zerstörung anrichtet. In einer Rede sagt er deshalb folgendes: *»Richtet nicht, damit ihr nicht gerichtet werdet! Denn so wie ihr über andere urteilt, wird man auch euch beurteilen, und das Maß, mit dem ihr bei anderen messt, wird auch euch zugemessen werden. Was kümmerst du dich um den Splitter im Auge deines Bruders, bemerkst aber den Balken in deinem eigenen Auge nicht? Wie kannst du zu deinem Bruder sagen: »Halt still, ich will dir den Splitter aus dem Auge ziehen!« –, und dabei ist der Balken doch in deinem Auge? Du Heuchler! Zieh zuerst den Balken aus deinem Auge! Dann wirst du klar sehen und den Splitter aus dem Auge deines Bruders ziehen können.«*

WAS SAGT UNSER URTEIL ÜBER UNS AUS?

Jesus warnt seine Zuhörer davor, den Richterhammer über andere zu schwingen. Warum? Weil sie die Menschen dann nach zwei Kriterien bewerten: Entweder sind sie besser – oder aber schlechter. Auch uns kann das schnell passieren, den anderen zu verurteilen, weil er in einem bestimmten Bereich vielleicht anders denkt, redet oder handelt. Dabei sind wir ja auch nicht besser. Möglicherweise gelingt uns das eine oder andere – aber dafür versagen wir sicher in anderen Bereichen. Jesus spricht diese Selbstgerechtigkeit und Arroganz direkt an. Er sagt: **»Du Heuchler! Zieh zuerst den Balken aus deinem Auge!«** Damit lenkt er unseren Blick weg vom anderen, hin zu uns und den Dingen, die in unserem Leben noch angepackt werden müssen.

WAS MACHT UNSER URTEIL MIT UNS?

Es gibt ein interessantes Phänomen: Wir ärgern uns über einen Fehler beim anderen – und bald darauf passiert uns genau der gleiche. Oder aber wir sind so krampfhaft damit beschäftigt, diesen Fehler zu vermeiden, dass wir auf der anderen Seite vom Pferd fallen und dadurch Schaden anrichten. Jesus drückt diesen Vorgang so aus: **»Richtet nicht, damit ihr nicht gerichtet werdet!«** Die Verurteilung fällt demnach auf den Richter zurück. Weil wir auf gar keinen Fall denselben Fehler machen wollen, können wir die Situation gar nicht mehr objektiv bewerten. Unser Urteil schränkt uns also in unserem Handlungsspielraum ein und bringt uns selber dazu, Fehler zu machen.

WAS MACHT UNSER URTEIL MIT ANDEREN?

Wer verletzt wird, der will sich schützen – um nicht noch mal verletzt zu werden. So jemand stellt sich schon darauf ein, dass der andere sich wieder so verletzend verhalten wird wie in der Vergangenheit. Aber dieses Denken ist fatal, denn unsere Erwartungshaltung macht es unserem Gegenüber umso schwerer, seine Fehler nicht zu wiederholen. Diesen Teufelskreis deutet Jesus an, indem er sagt: **»Das Maß, mit dem ihr bei anderen messt, wird auch euch zugemessen werden.«** Hinzu kommt: Egal, wie der andere sich verhält – wir interpretieren alles gleich durch unsere gefärbte Brille. Und weil wir sehen, was wir sehen wollen, fühlen wir uns immer wieder bestätigt.

WOZU DARF NICHT ZU URTEILEN NICHT FÜHREN?

Jeder hat seine Macken. Wer versteht, dass er selbst nicht fehlerlos ist, der geht auch mit anderen barmherzig um. Und dann ist es gut, wenn wir anderen weiterhelfen, indem wir ihnen ein Feedback zu ihrem Verhalten geben. Jesus sagt: **»Dann wirst du klar sehen und den Splitter aus dem Auge deines Bruders ziehen können.«** Nicht zu richten bedeutet also nicht, dass wir blind für die Fehler des anderen werden. Im Gegenteil: Jesus liegt es sehr am Herzen, dass wir einen »klaren« Blick für unsere Mitmenschen haben. Aber nur, wenn wir uns unserer eigenen Fehler bewusst sind. Denn dann verurteilen wir andere nicht, sondern helfen uns gegenseitig durch wohlwollende und konstruktive Tipps weiter.

MAL ANGENOMMEN

... du gehst ins Kino. Als du mit Popcorn und Cola beladen zu deinem Platz kommst, sitzt dort bereits jemand – ein ziemlicher Muskelprotz. Würdest du ihn anraunzen und ihn vom Platz zerren? NIEMALS! Denn die Wahrscheinlichkeit ist sehr groß, dass das schmerzhaft für dich enden könnte. Stattdessen würdest du ihn wohl freundlich nach seiner Platznummer fragen oder dich einfach auf den freien Sessel neben ihm setzen, oder!? Genauso ist das auch mit dem Verurteilen: Wenn du nicht möchtest, dass die Sache unangenehm für dich wird, dann solltest du sie rechtzeitig und auf eine gute Art und Weise klären.

WOHIN MIT UNSEREM ÄRGER?

Verletzungen tun weh. Sie rufen Wut und Ärger hervor. Und – wie gesagt – führen sie dazu, den anderen zu verurteilen. Diese Gesetzmäßigkeit können wir weder beeinflussen noch verhindern. Höchstens umgehen, wenn wir für unseren Ärger ein anderes Ventil finden. Gott schlägt uns hierzu die Vergebung vor. Dadurch geben wir unseren Ärger an Gott ab. Für Verletzungen und Enttäuschungen ist er die erste Adresse, denn er kann unseren Ärger und unsere Wut aushalten, was Menschen vielleicht nicht können. Mehr noch: Er nimmt uns die Last unseres Ärgers ab, damit wir uns wieder befreit und ohne Vorurteile anderen Menschen zuwenden können.

WAS PASSIERT MIT DEM UNRECHT?

Verurteilen ist eher passiv – man zieht halt seine Rückschlüsse und ärgert sich im Stillen. Viel besser ist jedoch, aktiv zu werden. Also zur Sprache zu bringen, wenn dich jemand verletzt oder ungerecht behandelt hat. Das gibt dem anderen die Möglichkeit, sich beim nächsten Mal anders zu verhalten. Klärende Gespräche bringen mehr Klarheit Dadurch bekommt die Beziehung eine neue Chance. Aber es ist sehr wichtig, dass du dem anderen weiterhelfen möchtest und nicht nur Genugtuung willst. Deshalb solltest du die Sache zuerst mit Gott klären. Wenn dein Herz zur Ruhe gekommen ist, kannst du offen und objektiv in das Gespräch gehen.

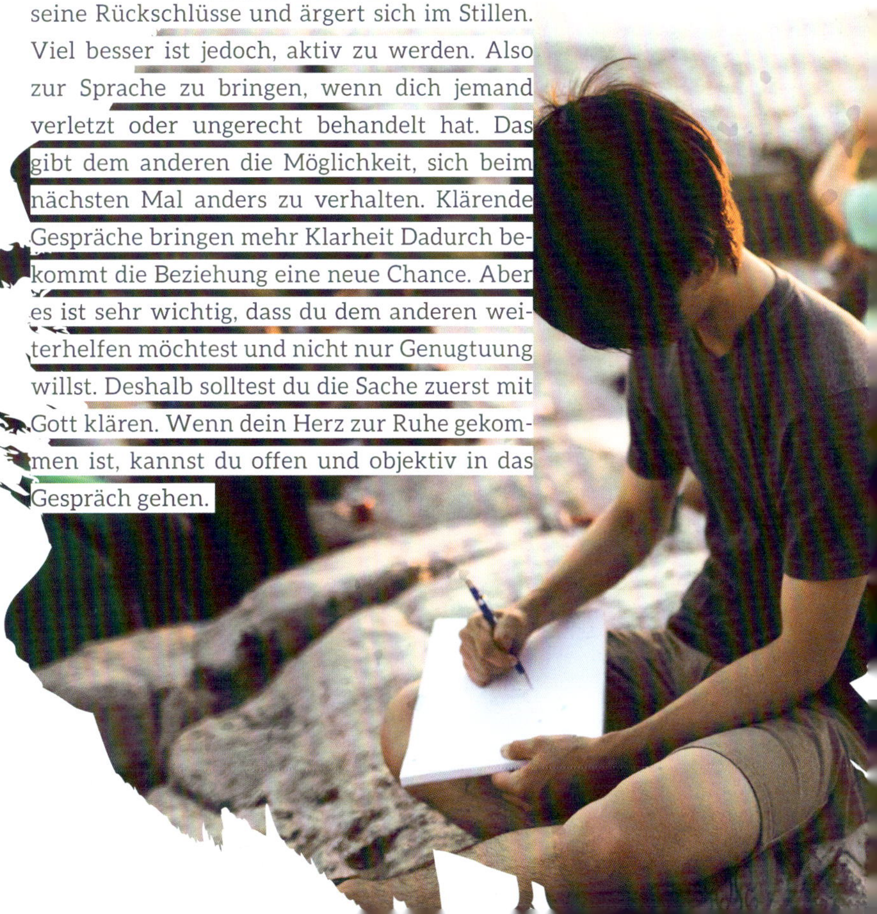

WIE VERBANNEN WIR VERURTEILUNGEN?

Wie erkennen wir, wo wir andere Menschen bereits verurteilt haben?

- Schubladendenken: Über welche Personen weißt du gar nicht viel – meinst aber trotzdem zu wissen, was derjenige für ein Typ ist und wie er sich verhalten wird?
- Festlegungen: Benutzt du häufiger Begriffe wie »nie« oder »immer« oder »sowieso«? In welchem Zusammenhang bzw. wie kommt es gewöhnlich dazu?
- Bitterkeit: Gibt es Personen mit bestimmten Merkmalen oder Eigenarten, die du gar nicht leiden kannst oder die dich gleich auf die Palme bringen?

Wenn du solche Muster erkennst, dann sag Jesus im Gebet, dass es dir leidtut und du dich nicht mehr an dein Urteil binden willst. Bitte ihn, dir dabei zu helfen und dir zu zeigen, wo der Ärger herkommt. Irgendwann kannst du dann konkret vergeben – und Jesus wird dir neutrale Gefühle schenken. Sicher wirst du dann viele Menschen um dich herum mit neuen Augen sehen können.

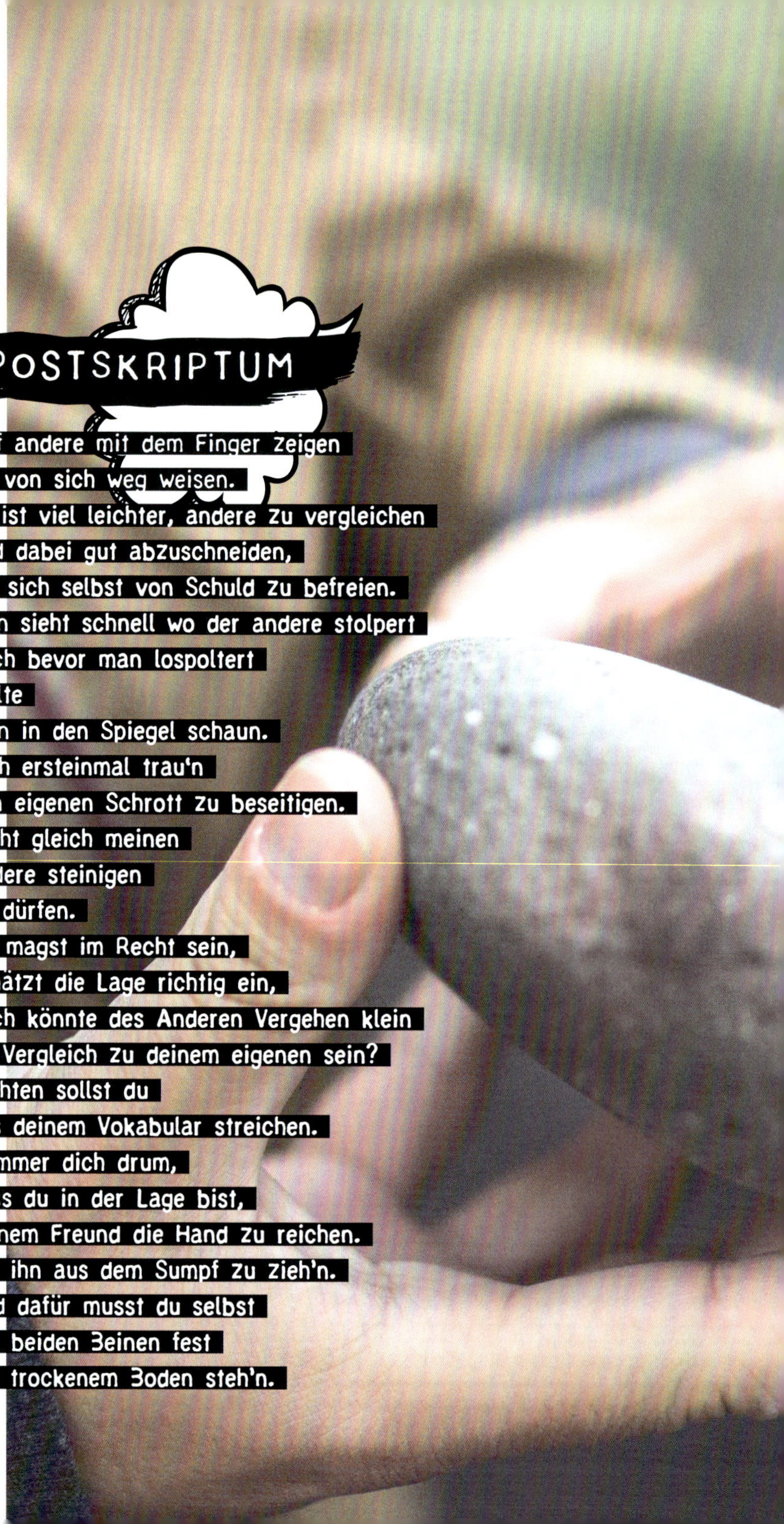

POSTSKRIPTUM

Auf andere mit dem Finger zeigen
ist von sich weg weisen.
Es ist viel leichter, andere zu vergleichen
und dabei gut abzuschneiden,
als sich selbst von Schuld zu befreien.
Man sieht schnell wo der andere stolpert
doch bevor man lospoltert
sollte
man in den Spiegel schaun.
Sich ersteinmal trau'n
den eigenen Schrott zu beseitigen.
Nicht gleich meinen
andere steinigen
zu dürfen.
Du magst im Recht sein,
schätzt die Lage richtig ein,
doch könnte des Anderen Vergehen klein
im Vergleich zu deinem eigenen sein?
Richten sollst du
aus deinem Vokabular streichen.
Kümmer dich drum,
dass du in der Lage bist,
deinem Freund die Hand zu reichen.
Um ihn aus dem Sumpf zu zieh'n.
Und dafür musst du selbst
mit beiden Beinen fest
auf trockenem Boden steh'n.

REFLEXION

Wenn wir uns über andere ärgern – was passiert dann in uns?

Wie erkennen wir alte Urteile über andere Menschen?

Zu welchen Personengruppen fallen dir viele Vorurteile ein?

Bibeltext zum Nachlesen: Matthäus 7,1-5

Welchen Einfluss hat unser Urteil auf unsere Zukunft (Vers 1)?

Welche Auswirkungen hat unser Urteil auf unser Gegenüber (Vers 2)?

Was machst du mit Personen, auf die du nicht neutral reagierst?

Was willst du künftig unternehmen, wenn du dich über jemanden ärgerst?

AKTION

(du benötigst: Hämmerchen oder Äste)

Denke an jemanden, den du verurteilt hast. Willst du dein Urteil revidieren? Dann zerbrich als Zeichen dafür ein Hämmerchen (bzw. einen Ast).

AUFGABE

Wenn du in den nächsten Tagen negative Gedanken über eine Person hast, versuche dein Urteil umzuwandeln, indem du sie im Gebet mit guten Worten segnest. Berichte, wie es geklappt hat.

ZUM NACHDENKEN
Welchen Reden hörst du am liebsten zu?

ANSTÄNDIGES REDEN

»Ich glaub das nicht! Wie kann die das einfach weitererzählen!? Ich habe ihr ausdrücklich gesagt, dass sie es für sich behalten soll. Was ist daran schwer zu verstehen!? Die kann einfach ihre Klappe nicht halten. Was sie wohl noch alles ausgeplaudert hat? Ein Versehen kann das nicht sein. Das war Absicht! Na warte! Du wirst schon sehen, was du davon hast! Ich weiß auch schon, wem ich das gleich erzählen werde, schließlich muss ich ja auch irgendwo Dampf ablassen. Ich kann jetzt nicht so tun, als wäre nichts gewesen, oder!? Wobei … wenn ich das jetzt weitersage, bin ich ja auch nicht besser?«

EINHEIT ALS VIDEO
www.ECHT-leben.de/C17

WARUM ÜBERS REDEN REDEN?

Menschen reden den ganzen Tag. Die einen mehr, die anderen weniger. Wir entscheiden, was wir sagen und was nicht, und haben damit ziemlich viel Einfluss. Denn was wir sagen und wie wir es ausdrücken, gestaltet unsere Beziehungen und beeinflusst unser Miteinander. Kurzum: Wie man in den Wald hineinruft, so schallt es heraus.

So eine G E I G E ist ein passendes Bild dafür.

Wenn jemand gut spielen kann, klingt das sehr angenehm und harmonisch. Mit demselben Instrument kann man aber auch fürchterlichen Lärm machen und alle vertreiben. Genauso ist es auch mit unseren Worten. Wir können so reden, dass andere gern mit uns zusammen sind – oder eben nicht.

WAS SAGEN WIR WIE?

»Bei der Feier gestern hast du ja nur Unsinn geredet«, sagt sie zu ihm. »Hoffentlich hat keiner gemerkt, dass du gar nicht betrunken warst.«

Das, was wir sagen und wie wir es sagen, hinterlässt einen Eindruck. Je nachdem, wie die Leute reden, finden wir sie sympathisch oder eben nicht. Einem Lästermaul vertrauen wir keine Geheimnisse an. Wer schnell laut wird, von dem lassen wir uns nichts sagen.

Wir bringen das, was die Menschen sagen, mit ihrem Charakter in Verbindung. Vermutlich, weil unsere Worte ein Spiegel unserer Seele sind. Die Art, wie wir reden, ist ein Ausdruck dessen, was in uns vorgeht. Wenn du verliebt bist, sprichst du liebevoll. Wenn du dich ärgerst, schimpfst du. Und wenn du Stress hast, gibst du einsilbige Antworten. Worte offenbaren einfach, wie es in uns aussieht.

Epheser 4,29-32 Gott legt sehr viel Wert auf unser Reden. In der Bibel gibt es mehrere Texte, in denen Gott uns zeigt, wie wichtig ihm ist, was wir sagen und in welchem Tonfall. Zum Beispiel in diesem Abschnitt hier: *»Lasst kein hässliches Wort über eure Lippen kommen, sondern habt da, wo es nötig ist, ein gutes Wort, das weiterhilft und allen wohltut. Sonst kränkt ihr den Heiligen Geist, den Gott euch als Siegel aufgeprägt hat und der euch die volle Erlösung garantiert. Fort also mit aller Bitterkeit, mit Wut, Zorn und gehässigem Gerede. Schreit euch nicht gegenseitig an und verbannt jede Bosheit aus eurer Mitte. Seid vielmehr umgänglich und hilfsbereit. Vergebt euch gegenseitig, weil auch Gott euch durch Christus vergeben hat.«*

WELCHE VERANTWORTUNG HABEN WIR?

Mit der Sprache hat Gott uns eine große Verantwortung gegeben. Worte sind schnell gesagt. Aber oft sind wir uns nicht bewusst, welche Wirkung sie bei anderen haben. Deshalb fordert Gott uns dazu auf: **»Habt ein gutes Wort, das weiterhilft und allen wohltut.«** Durch unsere Worte können wir andere trösten und ihnen weiterhelfen. Angenehme und ermutigende Worte sind eine Motivation für unser Gegenüber, wodurch wir sogar sein Wohlbefinden steigern können. Mit bösartigen und zornigen Worten dagegen können wir den anderen ungemein verletzen und entmutigen. Unser Reden hat eine große Tragweite. Deshalb möchte Gott von uns, dass wir uns Gedanken darüber machen, was wir sagen und wie wir es sagen.

WOHER KOMMT SCHLECHTES REDEN?

Wenn wir nicht anständig und gut reden, hat das in der Regel einen Grund. Im Text redet Gott zum Beispiel von **»Bitterkeit, Wut und Zorn.«** Solche Empfindungen sind wohl oft der Auslöser für schlechtes Reden. Haben wir zerstörerische Gefühle in uns, kommen auch hässliche Worte aus unserem Mund. Gott möchte unsere Herzen heilen, damit wir gar keinen Grund für Zorn oder Wut haben. Deshalb ist es so wichtig, dass wir unser Inneres überprüfen und mit Gott darüber sprechen. Er interessiert sich für dein Reden, weil es ein Indiz dafür ist, wie es in deinem Herzen aussieht. Räum aus deinem Leben, was den Zorn verursacht. Gott wird dir gern dabei helfen. Und dann wirst du auch gut reden können.

WAS HAT UNSER REDEN MIT GOTT ZU TUN?

Unsere Sprache verrät unsere Herkunft. Es fällt einfach auf, wenn wir einen Dialekt oder eine fremde Sprache sprechen. Aber wie reden eigentlich Gottes Kinder? Woran erkennt man ihre Herkunft? Im Text heißt es: **»Hässliche Worte kränken den Heiligen Geist, den Gott euch als Siegel aufgeprägt hat.«** Wir haben den Heiligen Geist als Erkennungszeichen dafür bekommen, dass wir Repräsentanten Gottes hier auf der Erde sind. Und offensichtlich können wir auf eine Art und Weise reden, die einfach nicht dazu passt. Mehr noch: Eine Art, die den Heiligen Geist kränkt, weil sie dem Wesen Gottes entgegengesetzt ist. Achte deshalb auf deine Worte, damit du deine Herkunft würdig repräsentierst und deine Sprache dazu passt, dass Gott in dir lebt.

WARUM IST DER TONFALL ENTSCHEIDEND?

Häufig wird es im Streit laut – in der Regel dann, wenn die Argumente ausgehen und trotzdem jeder darauf besteht, Recht zu haben. Das ist dem anderen gegenüber respektlos. Deine Aussagen werden auch nicht richtiger, wenn du lauter wirst, im Gegenteil: Laut zu werden, ist oft ein Ausdruck von Hilflosigkeit. Deshalb fordert Gott uns auf: **»Schreit euch nicht gegenseitig an!«** Er wünscht sich für uns, dass wir liebevoll und respektvoll miteinander umgehen. Dabei ist unser Tonfall ganz entscheidend. Denn die Art und Weise, wie wir etwas sagen, entscheidet darüber, ob der andere etwas von uns annehmen kann. Wenn er sich missverstanden fühlt, wird er entweder wütend mitstreiten oder sich enttäuscht zurückziehen. Deshalb: Der Ton macht die Musik!

WIE SCHAFFEN WIR EINE GUTE REDEKULTUR?

Eine besonders schädliche Form von schlechtem Reden ist das Lästern. Der Dichter Friedrich Rückert bringt das auf den Punkt: »Drei Menschen auf einmal verdirbt Verleumdungsgift: Den, der sie spricht. Den, der sie hört. Und den, so sie trifft.« Es ist nicht nur schädlich für denjenigen, über den gelästert wird, sondern auch für alle anderen Beteiligten. Lästern vergiftet nämlich die gesamte Atmosphäre. Deshalb möchte Gott, dass wir uns kollektiv dafür entscheiden, nicht zu lästern: **»Fort mit gehässigem Gerede. Verbannt jede Bosheit aus eurer Mitte.«** Für alle sollte klar sein: Wenn jemand anfängt, werden wir anderen nicht mitmachen, sondern ihn oder sie liebevoll daran erinnern, dass so etwas keinen Platz bei uns hat.

... du müsstest zu einem Vorstellungsgespräch. Weil du dich von deiner besten Seite zeigen willst, verbringst du viel Zeit damit, dich richtig zu stylen und schick anzuziehen. Nur kannst du leider dein Deo nirgends finden. Würdest du dir zur Not auch etwas Anderes unter die Arme sprühen – zum Beispiel Essig? NIEMALS! Die Flüssigkeit ist zwar auch klar und verbreitet Düfte – aber keine guten. Der Chef würde es sicher nicht in einem Raum mit dir aushalten und du könntest dir den Job abschminken. So ähnlich ist das auch beim schlechten Reden: Dadurch verbreitest du eine Atmosphäre, in der sich niemand wohlfühlt.

WIE KÖNNEN WIR GUT(ES) REDEN?

Willst du dein Reden verändern? Diese Entscheidung ist Gold wert. Formuliere deinen Wunsch auch im Gebet. Du wirst Gottes Hilfe dafür brauchen.

Dann fang an, jeden Abend mit Jesus darüber zu reden, wie der Tag gelaufen ist. Wenn du gelästert hast, laut geworden bist oder deine Worte unpassend waren, dann bitte ihn um Vergebung. Und um Veränderung. Nimm dir immer wieder neu vor, anständig zu reden.

Sag auch deinen Freunden, wo du dich verändern möchtest. Bitte sie, dich darauf hinzuweisen, wenn dir unschöne oder verletzende Worte rausrutschen.

Bringt das alles nicht viel, können Wut oder Bitterkeit in deinem Herzen der Grund dafür sein. Vielleicht magst du dich einem Pastor oder Seelsorger anvertrauen? Der kann dir dabei helfen, deinen Beweggründen auf die Schliche zu kommen. Bleib auf jeden Fall dran und lass dich nicht entmutigen!

MAL ANGENOMMEN

WIE GEHEN WIR MIT SCHLECHTEM GEREDE ANDERER UM?

Wenn du so über dein Reden nachdenkst, fällt dir vielleicht auf, dass du in unterschiedlichen Gruppen jeweils anders sprichst. Gibt es Leute, bei denen du besonders in Gefahr stehst, zu lästern oder dich auf niedrigem Niveau zu unterhalten? Dann überlege dir, was du tun kannst. Vielleicht ist es dir möglich, das Thema anzusprechen und ihr könntet gemeinsam überlegen, eine bessere Redekultur zu schaffen!? Ist das nicht möglich oder verändert sich nichts, dann ist es vielleicht sinnvoll, mehr Zeit mit Leuten zu verbringen, die anders reden. Wenn du dazu alte Bekannte verlassen und neue finden musst, kann das möglicherweise schwierig werden. Aber Gott wird dir bei so einem Schritt sicher helfen.

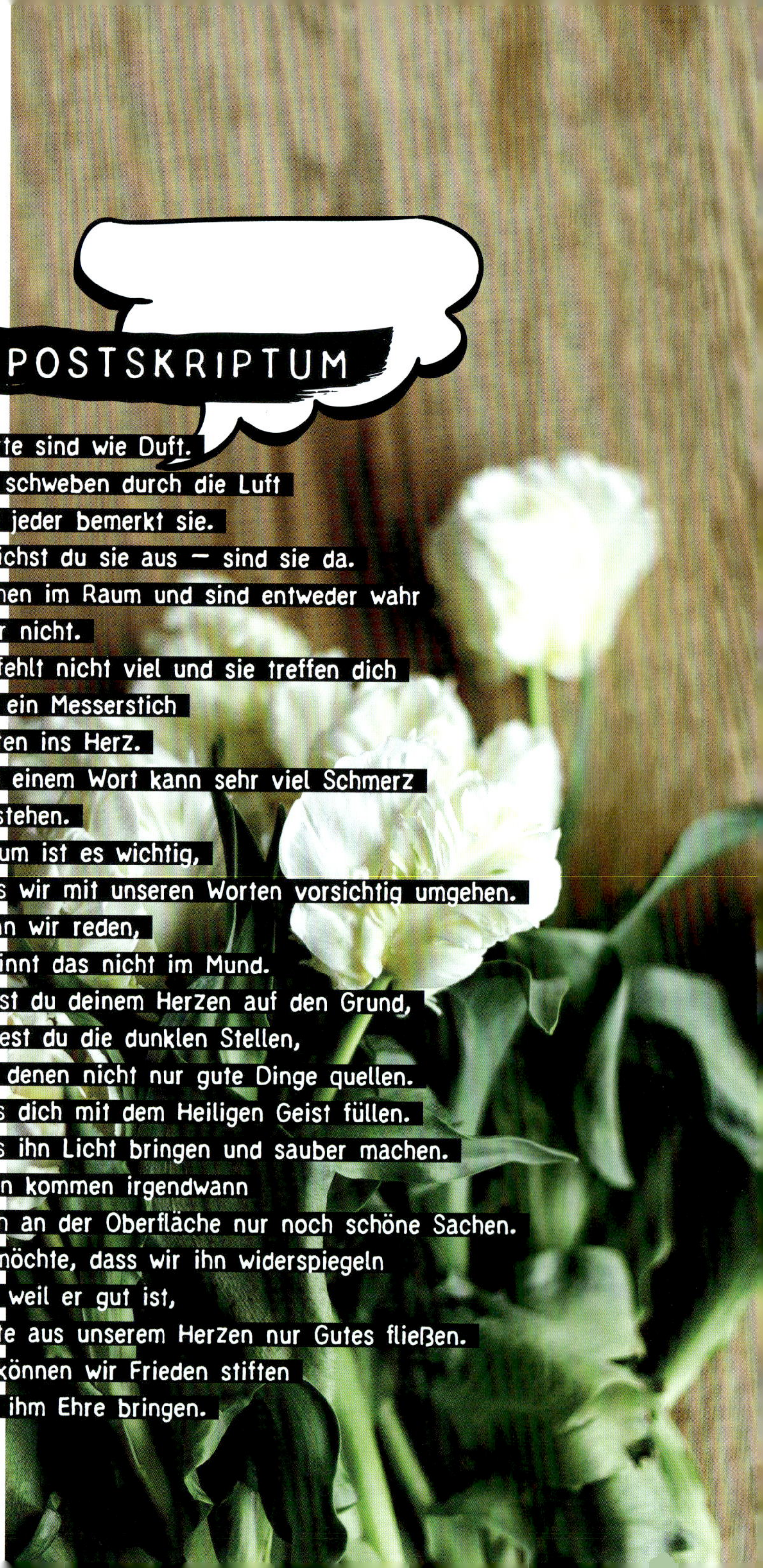

POSTSKRIPTUM

Worte sind wie Duft.
Sie schweben durch die Luft
und jeder bemerkt sie.
Sprichst du sie aus – sind sie da.
Stehen im Raum und sind entweder wahr
oder nicht.
Es fehlt nicht viel und sie treffen dich
wie ein Messerstich
mitten ins Herz.
Aus einem Wort kann sehr viel Schmerz
entstehen.
Darum ist es wichtig,
dass wir mit unseren Worten vorsichtig umgehen.
Wenn wir reden,
beginnt das nicht im Mund.
Gehst du deinem Herzen auf den Grund,
findest du die dunklen Stellen,
aus denen nicht nur gute Dinge quellen.
Lass dich mit dem Heiligen Geist füllen.
Lass ihn Licht bringen und sauber machen.
Dann kommen irgendwann
auch an der Oberfläche nur noch schöne Sachen.
Er möchte, dass wir ihn widerspiegeln
und weil er gut ist,
sollte aus unserem Herzen nur Gutes fließen.
So können wir Frieden stiften
und ihm Ehre bringen.

REFLEXION

Was verraten unsere Worte über unser Inneres?

Wie kann die Art, wie wir reden, den Inhalt verzerren?

Welche Person fällt dir wegen ihrer Ausdrucksweise positiv auf?

Bibeltext zum Nachlesen: Epheser 4,29-32

Welche Wirkung sollten unsere Worte haben (Vers 29)?

Was hat die Art und Weise, wie wir reden, mit Gott zu tun (Vers 30)?

Wo willst du anders reden, und was wirst du dafür unternehmen?

Was willst du künftig unternehmen, wenn du dich über jemanden ärgerst?

AKTION

Findet zehn Begriffe, die besonders gut zum Thema »anständiges Reden« passen. Versucht dann, das Thema zu umschreiben, ohne diese zehn Begriffe zu verwenden.

AUFGABE

Nimm dir vor, in den nächsten Tagen über Menschen, die nicht anwesend sind, nur Gutes zu sagen. Erzähle beim nächsten Mal, wie du damit zurechtgekommen bist.

Herzlichen Glückwunsch!

Du hast durchgehalten und alle sieben Einheiten bearbeitet. Prima! Was hat dir am besten gefallen? Und was hat dich am meisten herausgefordert? Bestimmt hast du dir einiges vorgenommen. Macht doch als Gruppe noch eine Feedbackrunde und sagt euch gegenseitig, woran ihr in nächster Zeit konkret weiterarbeiten wollt. Wichtig ist es nämlich, dranzubleiben und eine Zeitlang zu trainieren, damit etwas zur Gewohnheit wird und dein Leben nachhaltig bereichert.

Gönn dir ruhig eine Verschnaufpause. Und dann: Starte mit dem nächsten Kurs! Du kannst dich auf weitere ECHT-Auftragsbereiche und andere Entwicklungsphasen freuen. Gott wünscht sich für uns, dass unser **»Glaube zur vollen Reife gelangt und wir ganz von Christus erfüllt sind«** (Epheser 4,13). Das ist ein dynamischer Prozess mit einem erfüllenden Ziel. Bei ECHT gibt es hierzu noch mehr spannende Inhalte zu entdecken und zu erleben. Lass dich überraschen. Womit machst du weiter?

Gott segne dich mit geistlichem Wachstum!

IMPRESSUM

HERAUSGEBER
Kirche für Oberberg e.V.
D-51643 Gummersbach

TEXT
Simon Joas
D-51709 Marienheide

GESTALTUNG
Anita Lehnhardt
D-42285 Wuppertal

PRODUKTION
WIRmachenDRUCK GmbH
D-71522 Backnang

AUFLAGE-NR.
C10109170505